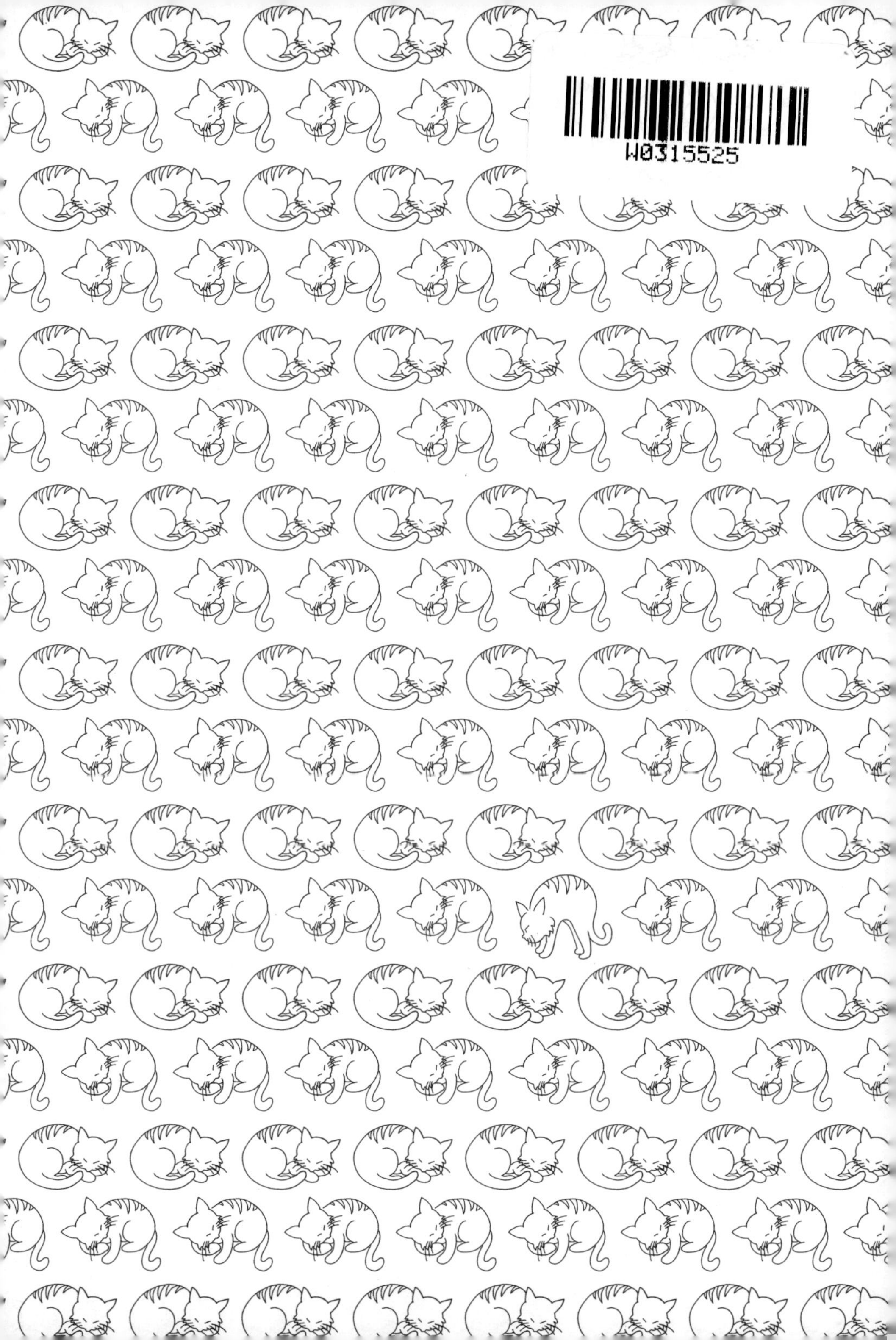

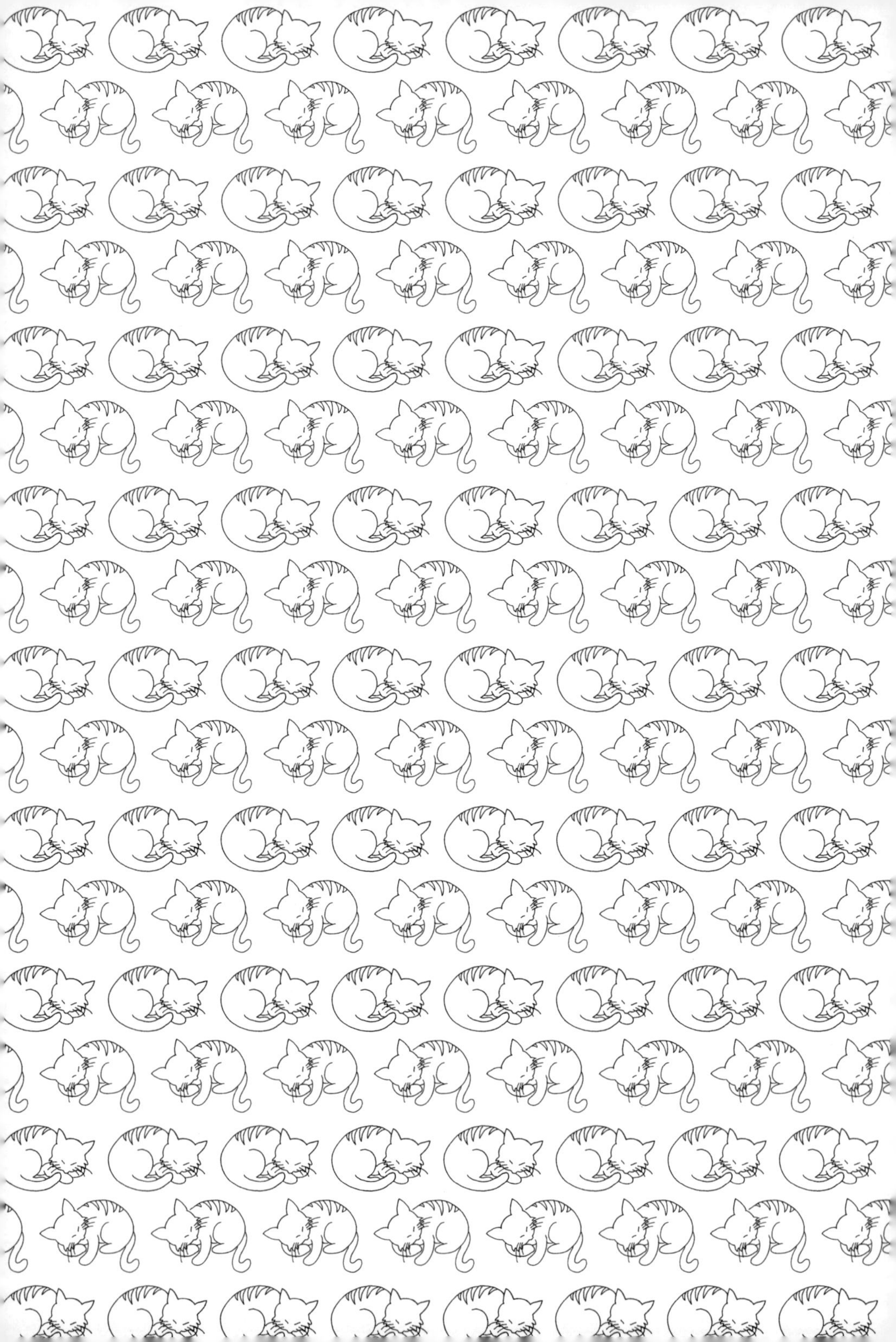

Rettl Motschenbacher

Lausmaadla, Lehrbum und Lüschla

Alte und neue Geschichten aus Bamberg

Mit einem Vorwort von Herbert Lauer
und vielen Fotografien von Emil Bauer

Verlag Fränkischer Tag

Lektorat: Monika Beer, Eva Harker
Produktion: Maren Ullrich
Vignetten: Christiane Pfohlmann
Satz und Gestaltung: Erich Weiß
Druck und Gesamtherstellung:
creo Druck & Medienservice, Bamberg
Printed in Germany

ISBN 3-936897-00-X

Inhaltsverzeichnis

Böttingerhaus vom Stephansberg her

Geschichten, die das Leben schreibt

Geschichten, die das Leben schreibt, Geschichten aus dem Alltag müssen nicht erfunden werden, sie werden aber nur selten zu Papier gebracht. Es ist daher sehr verdienstvoll, wenn sich eine Autorin wie Frau Rettl Motschenbacher dieser Aufgabe nun schon mehrere Jahre mit großem Fleiß und schriftstellerischem Können widmet. Der Erfolg der bisher erschienenen Bücher spricht für sich.

Als Bamberger mit Leib und Seele freue ich mich sehr, dass die Reihe von »Geschichtsbüchern« aus dem Kaulberger und Bamberger Alltagsleben mit diesem neuen Buch fortgesetzt wird. Wiederum sind von der Autorin mit wachem Auge und offenen Ohren Anekdoten aus ihrer Umgebung gesammelt und gekonnt niedergeschrieben worden.

Beim Lesen dieser heiteren und für die Bamberger typischen Texte kann ich mir das Lachen oder zumindest Schmunzeln nicht verkneifen – und ich werde angeregt, in der eigenen Erinnerung zu kramen. So manche Erlebnisse, besonders aus meiner eigenen Kinder- und Jugendzeit in Bamberg, werden wieder lebendig. Ich erinnere mich nicht nur an wunderbare Tage zu allen Jahreszeiten in unserer einmalig schönen Stadt, an der Regnitz, im Hain oder in Bug, sondern auch an all die Menschen, die mitgeholfen haben und mithelfen, dass Bamberg für mich Heimat im besten Sinne des Wortes ist. Die Geschichten aus dem oft harten Alltag der sogenannten einfachen Leute sind für mich nicht nur ein unterhaltsamer Ausflug in die Lebenswelt der Bamberger in der Vergangenheit, sie machen auch deutlich, wie gut im Verhältnis dazu es den meisten von uns heute geht und über welch hohen Lebensstandard und besonderen Freizeitwert wir heute bei uns im Bamberg verfügen. Und Gott sei Dank ist auch noch so viel von dem erhalten geblieben, was unsere Stadt seit jeher so lebens- und liebenswert macht. Die gewachsenen Strukturen und der gelebte Bürgersinn genauso wie die typische Bamberger Mentalität und die vielen kirchlichen und weltlichen Feste, die unseren Bamberger Jahresablauf unverändert bestimmen.

Ich wünsche dem neuen »Heimatbuch« *Lausmaadla, Lehrbum und Lüschla* von Rettl Motschenbacher daher viel Erfolg, Beachtung und Anerkennung und bin sicher, dass das vielfältige Leben in unserer Stadt der Autorin genügend Stoff für weitere unterhaltsame »Gschichtla« liefern wird.

Herbert Lauer
Oberbürgermeister

Lausmaadla vor Klein-Venedig (um 1975)

Lausmaadla

Als wir uns neulich zur Vorbereitung einer Veranstaltung den »Greifenklau«-Saal anschauten, bemerkte Frau Brockard beiläufig, dass während des Krieges hier einmal sechs Familien einquartiert worden waren, also zwaa mehrä, wie dä Sool Eckn hot! Und gleich war sie wieder da, die Erinnerung an Erika, das Mädchen, das eines Tages im Krieg zu uns in die vierte Klasse der Kaulbergschule kam.

»Sie woä zäörscht in an Logä und is froh, dass sie etz im Greifnklau untägäbrocht is. Und do wohna nuch mehrä Familien. Sie sän alla aus Hamburg und dodal ausgäbombt!«, wussten die Mitschülerinnen, die in der Nähe wohnten. Die Erika war aber alles andere als niedergeschlagen, still oder bescheiden. Schon im Unterricht merkte man, dass sie nicht auf den Mund gefallen war. Dazu erfolgten ihre Antworten – im Gegensatz zur übrigen Klasse – stets in reinem Hochdeutsch. Aber erst in der Pause auf dem Schulhof! Heute würde ich sagen, sie sah aus wie Pippi Langstrumpf und war auch so, aber damals kannte man ja diese Figur noch nicht.

Erika wusste eine Menge ungewöhnlicher Spiele, die für uns neu waren. Der größte Teil der Klasse zählte zu ihren Anhängerinnen, und kaum hatte die Pause begonnen, steckten wir schon die Köpfe mit der Hamburgerin zusammen. »Kennt ihr ›Die Tanzstunde‹?«, fragte sie uns eines Tages. »Naa, wie gehtn des? Zeigs uns halt amol!«

»Also, jetzt bin ich der Tanzlehrer, der vor der ersten Stunde seinen Schülern erklärt, wie sie sich benehmen müssen. Die sind natürlich besonders doof und machen alles verkehrt!« Und mit tiefer Stimme fuhr sie fort: »Also, meine Herren: Man nähert sich der Dame mit elastischem Schritt – etwa so –«, die Erika näherte sich gravitätisch der dicken Marri, »macht eine tiefe Verbeugung« – sie knickte den Oberkörper gekonnt ein – »und reicht ihr die rechte Hand!« Die Tanzstundendame Marri war so verdattert, dass sie sich nicht rührte. »Geh zu, gib ihä doch dei Hend«, zischten die anderen. Die Erika nahm sie und deutete galant einen Handkuss an. »So«, sagte sie dann, »und jetzt bin ich der doofe Tanzschüler, der das wiederholen soll.« Und mit kieksender Stimme, wie ein Jüngling im Stimmbruch: »Man nähert sich der Dame mit e-e-elektrischem Schritt« – wobei sie einen Wackelgang einlegte –, »macht eine schiefe Verbeugung« – sie zeigte der »Dame« fast ihr Hinterteil – »und gibt ihr die linke Flosse!« – und bohrte der Marri ihren linken Ellbogen in den Magen.

Miä zehnjährichn Maadla hom uns kaputtgälacht, obä sofort hot die Erika kummädiert: »So, jetzt seid ihr dran! Die Irene ist die Dame und die Elfriede der Herr!« Die hatte sich alles gut gemerkt und mit ihren schauspielerischen Fähigkeiten überbot sie womöglich die Erika noch im »elektrischen« Schritt und in der schiefen Verbeugung. »So, etz kumm obä iich droo!« »Naa, iich, du blöda Kuh!« Die Philomena und die Rosa wären sich fast in die Haare geraten. Wir Mädchen waren so vertieft in das Spiel am Rande des Schulhofs, dass wir doch tatsächlich das Klingelzeichen am Ende der Pause überhörten. Da steuerte der gefürchtete Hausmeister auf uns zu und schrie: »Wos fällt euch ei? Machtä, dass ihä nei euä Klass kummt, ihä Lausmaadla!« Das wirkte sofort und wir stoben davon.

Wie Recht er, ohne es zu ahnen, mit dem Schimpfwort »Lausmaadla« hatte, sollte sich in den nächsten Tagen zeigen. Immer mehr Mädchen fingen an, sich am Kopf zu kratzen, wo es so entsetzlich juckte: Nicht nur schöne neue Spiele hatten wir von der Erika bekommen, sondern auch ihre Kopfläuse!

Bald darauf führte das Gesundheitsamt eine hochnotpeinliche Untersuchung durch: Die Schülerinnen mussten einzeln vor die Klasse treten. Mit Holzspateln wurden Haare und Kopfhaut untersucht und dann fiel das Urteil: Nisse – Läuse – oder beides! Am schlimmsten war es bei langen Haaren oder Zöpfen, und gerade die sollte doch in der Nazizeit möglichst jedes Mädchen haben! Die Mütter schlugen die Hände über dem Kopf zusammen: »So a Schand!«

Aber weil sie derart verbreitet waren – die Läus und die Schand – war's nicht mehr ganz so schlimm. Die Großmutter suchte den eng gezahnten Hornkamm aus ihrer Jugend her, der dezent »Staubkamm« hieß. Damit wurde das lange Haar der Enkelin zwei Wochen lang dreimal täglich durchgekämmt. Und der Großvater, der ein Spaßvogel war, sang dazu die spöttische Bamberger Version des Loreley-Liedes. Er begann zunächst textgerecht in lang gezogenen Tönen:

Die schönste Jungfrau sitzet da droben wunderbar,
Ihr goldnes Geschmeide blitzet, sie kämmt ihr goldenes Haar.

Aber dann, in flottem Rhythmus:

Und sie nimmt an goldna Komm,
raaft ihă rotn Borschtn zamm,
und sie singt ein Lied dabei,
von der schönen Loreley:
Ihr Leute, ihr Leute, kauft Kämme,
es kommt eine lausige Zeit!

Die war 1943 eigentlich schon da, aber es sollte ja noch viel lausiger kommen.

Hint und vorn nix!

»Ich wissät do fei a Gschichtla füä Sie«, sagt der liebenswürdige alte Herr aus der Wunderburg augenzwinkernd zu mir. Die achtzig Jahre sieht man ihm überhaupt nicht an, und seine Stimme ist kräftig wie die eines Jungen: »Es woä kurz nochm Krieg. Mä hot des Johä 1946 gschriem und miä sän so longsom widdä demogradisch worn.« Im Mai war damals nämlich die erste freie Wahl für den Bamberger Stadtrat. Und wer hätte das gedacht? Der Willi wurde dritter Bürgermeister! Auf aamol woä er »wer« und hot sich »orch gfühlt«. Obä sei Fraa, die Kuni, hot halt goä net zu sein neua Amt gäpasst. Plötzlich gefiel ihm gar nichts mehr an ihr und er hatte nur noch alles an ihr auszusetzen: Sie wäre »rappldöä« und hätte weder Bildung noch Auftreten – also ließ er sich kurzerhand scheiden.

»Und des is so einfoch ganga?«, frage ich ganz erstaunt. »Ja, froong Sie mich net – domols woä halt vill im Umbruch!« Die Kuni bekam kaum Unterhalt von ihrem »Exgatten« und deshalb musste sie sich Putzplätze suchen. In der Nürnberger Straße hatte sie eine kleine, billige Wohnung gefunden und lernte allmählich die Leute im Haus kennen, auch den rüstigen Rentner, der im Hinterhaus wohnte. »Ich bin der Kunzn Schorsch«, stellte er sich ihr vor. Wann immer er sie traf – und das war so häufig, dass es kein Zufall mehr sein konnte –, war er ihr behilflich: Er trug ihr die schwere Einkaufstasche, holte Holz und Kohlen für sie aus dem Keller und kümmerte sich um ihren Mülleimer. »Bild ich miä des ei odä hot deä wirklich a Aach auf miä?«, fragte sich die Kuni. Bis jetzt war ihr egal gewesen, wie sie aussah, aber plötzlich war sie wie umgedreht und lebte ordentlich auf. Sie hot sich net bloß heägäricht, zägoä aufgädögglt hot sie sich! Der Schorsch war entzückt – und biss an. Mä sollts net glaabn, die zwaa worn väliebt wie a jungs

Pärla. Sehnsüchtig ging der Schorsch gegen Abend vor dem Haus auf und ab, in dem die Kuni putzte. Dann zog er sie in den Hausflur und drückte sie so fest, dass ihr ganz anders wurde.

Einmal ging sie in den kleinen Lebensmittelladen des Erzählers, um einzukaufen, und dort traf sie drei alte Bekannte, die Marri, die Rettl und die Betti. Die fragte die Kuni: »Du, sooch amol, du bist fei etz do vorn«, und sie deutete auf ihren Busen, »so schö beiänandä und frühä worst doch ehrä vo ›Gladdbach‹! Könnst mä net des Rezept värrotn? Mein Nickl

Olda Scheuna brenna lichtäloh: Pärchen in den 70er Jahren

tät des bästimmt aa gfalln!« »Etz werds spannend«, dachte der Erzähler, der im Hinterzimmer das Gespräch mitbekam und aufpasste wie a Häggeläsmachä. Die Kuni war eine ehrliche Haut: »Mit an Rezept is do nix! Obä, wal dus bist: Drübn beim Mieder-Hertlein gibts so Einlagn in alla Größn. Musst halt klaa oofanga und sie bloß longsom wachsn lossn! Wennst gleich ›groß‹ nimmst, fällts zä orch auf!« Die drei Frauen waren so gespannt, drängten und gaben keine Ruhe, bis die Kuni so ein Teil herausnahm und es ihnen zeigte. »Hei, des fühlt sich ja wie echt oo und so schöö waach!«, rief die Marri, und die Rettl drauf: »Und zägoä a Knöppäla is vorn droo!«

Gänzlich unbeachtet, aber sehr neugierig stand hinten im Laden die zehnjährige Anna, die sich nichts entgehen ließ. Ob ihre Mama wohl auch so etwas hatte? Sie überlegte hin und her, wie sie das herausfinden könnte. Abends im Bett kam ihr schließlich eine Idee, die sie nicht einschlafen ließ. Und gegen Mitternacht schlich sie in das Elternschlafzimmer, wo die Kleider ihrer Mutter über einem Stuhl hingen. Im Dunkeln suchte und tastete sie, fand aber nichts. Und dabei passierte es: Trotz aller Vorsicht stieß die Anna dabei an einen Stuhl. Die Mutter schreckte aus dem Schlaf auf und schimpfte: »Wos suchstn du do mittn in dä Nocht, du Lüschla? Do hört sich doch alläs auf!« Aber ihre Tochter, gar nicht kleinlaut, antwortete schnell: »Etz waaßi endlich, dass dä Babba doch recht hot, wenn eä immä sächt: Wie ihä gheiärt hobt, do host du hintn und vorn nix ghobt! Dass du vorn nix host, des hob i heut rausgriecht. Obä, Mamma, etz zeich miä halt amol, wus du hintn aa nix host!«

VILL ZÄ SÜSS!

Des Gschichtla könnte direkt in der Sammlung erbaulicher Geschichten des Christoph von Schmidt stehen, nur die gereimte Moral am Ende fehlt! Dafür spielt es in Bamberg und ist »fei ächt wohä«.

Die zehnjährige Marri war eine Häckerstochter, eine Kusine meiner Mutter. Sie hatte am 12. September Namenstag, aber darum hot mä net vill Mäus – nicht viel Aufhebens – gemacht. »Also, Marri«, sagte die Mutter zu ihr, »heut Nochmittoch gehst nuntä die Stodt zu deinä Fra Bood und gradälieäst zum Nomensdooch!« Die Patin, die natürlich auch Marri hieß, war eine entfernte Verwandte des Vaters. Als junges, sauberes und kluges Mädchen war es ihr gelungen, in eine »bessere Familie« einzuheiraten. Sie lebte in einer komfortablen Wohnung am Grünen Markt. »Eichentlich«, meinte die Mutter, »müsst mä ja vorm Säufüttern, also vorm Zwölfaläutn gradälieän, obä do worst ja in dä Schul!« Sauber gewaschen und gschneuzt, die Zöpfe mit Pomade eingefettet, musste die Marri noch einmal den gebräuchlichen Wunsch aufsagen: »Fra Bood, ich gradälieä Euch zu Euerm Dooch, dass Ihä rächt long lebt und gsund bläbt!« Dann drückte ihr die Mutter ein großes, sehr fest gebundenes Bukett mit Dahlien aus dem eigenen Garten in die Hand: »Und dassd fei an Knicks mechst, wennsd äs hergibst!«

Bei der Patin war im Salon schon der Kaffeetisch gerichtet. Der Marri blieb vor Staunen der Mund offen: hohe, bemalte Bechertassen mit Goldrand, Silberbestecke, blütenweiße Servietten, kunstvoll arrangierte Kuchenberge und sogar Torten, und alles mit Blumen dekoriert! Und gerade sagte die Patin zu ihrem Dienstmädchen: »Und etz gehst schnell und holst frischa Windbeutl vom Konditä Wenglein, der hot die bestn! Obä eä soll sie net fülln, des machn miä selbä mit

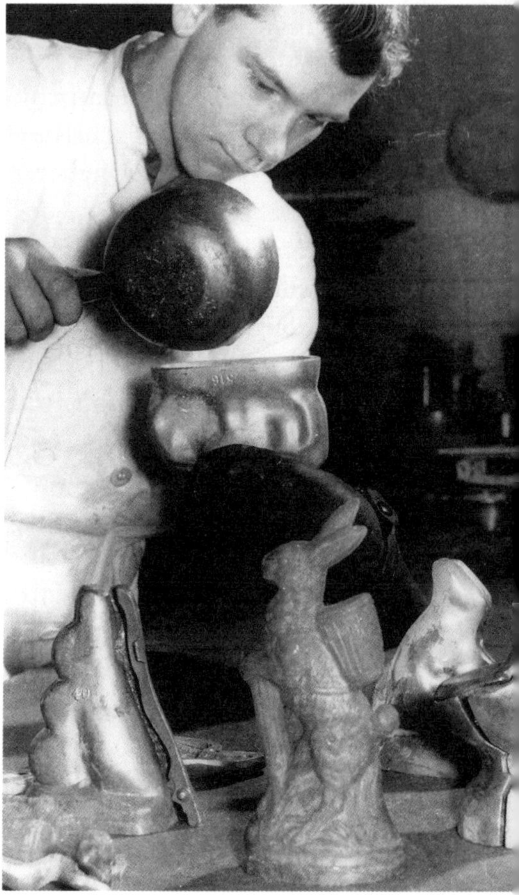

unsän Rahm, örscht kurz bevoä die Damen kumma!« Die Patin sah zwar die sehnsüchtigen Blicke des Mädchens, aber das Kaulberger Naturkind zum Kaffee des Damenkränzchens einzuladen – das ging ja nun doch nicht! So bedankte sie sich nur und steckte der Marri ein Geldstück zu – eine ganze Mark! Das war 1906 fast so viel wie heute zwanzig Mark, halt zehn Euro: ein Vermögen für das Mädchen!

»Des is fei für die Sporkassa!«, rief ihr die Patin noch nach. Aber die Lusch dachte gar nicht daran: »Net amol aa Stückla Kuung hot sie miä gebn! Ich möcht aamol wos Süß, ich hob doch heut aa Nomensdooch!« Marri war fest entschlossen, es sich zu verschaffen. Und wenn die Mutter fragte? »Ich sooch einfoch, ich hob nix griecht, die Fraa Bood hot ka passends Geld ghobt!« Schnurstracks ging sie zum Wiesner, einem großen Süßwarengeschäft in der Langgass. Hier duftete es verführerisch nach Schokolade, Vanille und Pralinen. Die Marri hatte keinen Blick für diese Herrlichkeiten. Sie legte ihr Geldstück auf den Ladentisch und verlangte »offene Bonbons« dafür. Nun muss man wissen, dass es damals schon für fünf Pfennig einen kleinen Schamitzl voll davon gab, aber für

Die »rotn Hosn« aus Zuckerguß vom Wiesner in der Langen Straße waren unheimlich klebrig und süß.

Häckerkinder war auch das eine Seltenheit! Die Verkäuferin glaubte, sich verhört zu haben: »Für eine ganze Mark offene Bonbons?« Die Marri nickte energisch. Aber dann traute sie ihren Augen nicht, als sie eine Riesentüte bekam – der Inhalt des großen Bonbonglases hatte nicht ausgereicht! Mit einer solchen Menge hatte sie doch nicht gerechnet. Gleich im Laden stopfte sie sich eine Hand voll in den Mund und züllte und züllte. Ach, so schön süß!

Sie bummelte in der Stadt herum, stand Bonbon lutschend vor den Schaufenstern und zerbiss schließlich krachend das klebrige Zeug, das gar nicht weniger werden wollte. Es war ihr klar, dass sie es auf keinen Fall mit heimbringen durfte. Allmählich wurde ihr speiübel und sie konnte die Bonbons nicht mehr sehen. Vill zä süß! Sie verschenkte welche an Mitschülerinnen und an kleine Kinder, denen sie begegnete, und verwünschte nun die Süßigkeiten, nach denen sie vorher so große Sehnsucht gehabt hatte. Aber irgendwann musste sie sich doch auf den Heimweg machen. Vor lauter Angst versenkte sie kurz vor ihrem Elternhaus die Reste in einem Kanal. Unter der Haustür stand schon die Mutter, mit einem Stock drohend, und wartete auf sie. Die Marri wusste genau, was ihr blühte: Die Nachricht von ihrem »Großeinkauf« war schneller auf dem Kaulberg angelangt als sie selber!

Der eifrich Lehrbuu

Am Telefon meldet sich ein liebenswürdiger, älterer Bamberger und gratuliert mir herzlich zum neuen Buch. Er hat mir früher schon einmal eine Geschichte über seinen Bruder erzählt, einen Münchner Ministerialrat, der seinen Betriebsausflug nach Bamberg lenkte. Jetzt sagt er: »Und in dem schön Noochwort schreibt doch der Willy Heckel, den wu ich scho seit meiner Kindheit in der Hollstodter Stroß kenn, mä sollt Ihnäna Gschichtn aus Bamberg äzehln, aa wenn sie net vom Kaulberch sän. Derf i?«

Ja, eigentlich wolle ich keine mehr schreiben, erkläre ich dem Anrufer, damit meine Leser sich nicht schämen müssten. »Scheema, wie maana Sie etz des – ich västeh net rächt?« Nun, ich bekam nämlich einen Brief ohne Absender, in dem neben anderen »Komplimenten« steht, dass sich jeder »anständige Bamberger« wegen der »recht vulgären Ausdrucksweise« der Rettl Motschenbacher schämen müsse. »No etz sowos Gemeins«, sagt er ganz aufgebracht, »wu Sie doch bloß die Leut a weng zum Lachn brenga wolln! No und wos hom Sie denn mit dem Brief gämacht?«

Zunächst erzähle ich ihm vom Ausspruch meines Mannes: »So a Schmarrn is net amol wert, dass mä sich drübä ärchert! Es gibt halt überoll humorlosa Leut, zägoä in Bamberg.« Dann habe ich den praktischen Rat meiner Tochter befolgt: Ich zerriss den Brief genüsslich und weichte die Fetzen in dem neuen, weiß emaillierten Potschamber ein, den ich neulich zur Buchvorstellung vom FT bekommen hatte und der damals voller Frühlingsblumen war. Schließlich beförderte ich den Inhalt mit Hilfe der Klospülung in die Unterwelt. »Ja, ich will fei net, dass Sie wechä meinä Gschicht nuch mehä solcha Machwerke grieng«, sagt mein Gesprächspartner. »Do braung Sie sich ka

Sorng zä machen«, beruhige ich ihn, »die gehn donn alla den gleichn Weg!«

»Also, die Gschicht hot miä mei Onkl Peter äzählt, do wöä ich nuch a klaana Buu, und die is nuch ältä als iich! Lustich is sie und, wenn Sie wolln, ganz schöö ›vulgär‹!« Sie hat sich

Das waren noch Zeiten, als die frischen Brötchen bis an die Haustür geliefert wurden!

vor mehr als hundert Jahren zugetragen, und zwar in der renommierten Bäckerei und Konditorei Fick an der Unteren Brücke. Die war mehrere Generationen lang im Familienbesitz und »Fick« war als Name damals ganz unverfänglich. Der Bäckermeister Fick war ein wohlgenährter Mann mit einem gut gepolsterten, weiß-rosa Gesicht und einer großen Glatze. Sein Lehrbub, der Franz, lebte, aß und schlief, wie zu dieser Zeit üblich, im Haus des Meisters.

Am Nachmittag pflegen sich die Bäcker ja ein bisschen aufs Ohr zu legen, um sich für den kurzen Nachtschlaf zu entschädigen. Aber diesmal saß Meister Fick an seinem Sekretär und schrieb Brotrechnungen für die städtischen Stifte. Da kam der Franz und fragte eifrig: »Mastä, wos soll i denn doo?« »Kost des Mehl obwieng für morng früh zum Backn!« Nach kurzer Zeit war der flinke Bursch wieder da: »Mastä, wos soll i denn etzät machn?« »Kehr hintn des Höfla und räum a weng auf!«, sagte der Bäcker nach kurzem Besinnen und wandte sich wieder seiner Schreibarbeit zu. Eh er sich versah, wurde er wieder aufgestört: »Mastä, wos soll i denn etzät doo?« »Geh zur Mastära, für die kost sichä wos eikaafn!« Sofort verschwand der übereifrige Lehrbub und der Meister rechnete seufzend weiter. Es dämmerte schon, als er stirnrunzelnd die Mehlrechnungen kontrollierte. Da ertönte hinter ihm schon wieder die Stimme vom Franz: »Mastä, wos soll i denn etzät doo?« »Von Dunnäkeil, wos sollst doo! No häng doch dein Nackädn zun Fenster naus!«, rief der Meister aufgebracht. Nach einer Viertelstunde kam der Lehrbub zurück: »Ich hobs gämacht – wors long gänuch?« »Wos?«, fragte der Bäcker zerstreut. »No, ich hob mein Oäsch zum Fenster nausghängt, wie Sie's gäwollt hom!« »O, du Depp, des woä doch net ernst gämaant! – Heilichäs na, wos hom denn do die Leut gsocht?« »Gutn Oomnd, Mastä Fick, hom sie gsocht.«

Drei Schoppn – A Moss

Wenn ich an warmen Sommerabenden Leute auf die Keller gehen sehe, fällt mir unweigerlich die abendliche Pflicht des Bierholens aus meiner Kindheit ein. Damals in den dreißiger Jahren ging unsere Familie zwar auch auf den Keller, aber nur sonntags. Während der Woche war es allgemein üblich, das Bier im Krug heimzuholen. Niemand hatte Flaschenbier im Keller, und dass es einmal Bier in Dosen geben würde, do droo hätt mer net amol im Draam gedocht. Der Hauptgrund für das Bierholen war nicht nur, dass es frisch aus dem Fass kam, sondern lag vor allem darin, dass »gut eigschenkt worn is«, dass man mit einer »Zugab« über das Gemäß hinaus fest rechnete.

So musste ich mich also jeden Abend mit dem blau-weiß emaillierten Blechkrug auf den Weg machen. Oben am Henkel war noch zu sehen, dass da früher ein Zinndeckel befestigt war, aber den hatten die Großeltern während des Ersten Weltkriegs bei einer Sammelaktion abgegeben. Wenn ich maulte: »Worum muss denn jedn Dooch iich des Biä holn?«, antwortete meine Mutter energisch: »Walst die Groß bist. Dein klan Bruder konni doch net schickn!« Auch meine Tränen und das »Wenn i doch mei klaanä Bruder weä!« halfen nichts.

»Schluss mit die Fisämatenten«, befahl mein Vater, »heut gehst zum ›Röckäla‹, obä schau örscht, weä oo dä Schänk is!« Bei der Brauerei Röckelein gab es nämlich zu dieser Zeit zwei hübsche Schwiegertöchter, die blonde Betty und die braunhaarige Dora, die lustig war und gut einschenkte. »Also schau di voäsichtich um, und wenn die Betty dro is, wu so schlecht eischenkt, donn gehst nübä zuä ›Kleebaams‹-Ev!«

Während ich so über die verschwundenen Brauereien am Kaulberg nachdenke, fällt mir plötzlich ein: Da gibt's doch unter den Erinnerungen, die mir in letzter Zeit von verschiedenen Bambergern zugegangen sind, eine genau zu diesem Thema. Ich wühle in meinem Zettelkasten – und da ist sie auch schon.

Die Erika wuchs hauptsächlich bei ihren Großeltern auf dem Land auf. Es war in der Zeit nach der Währungsreform und die Kinder wurden schon frühzeitig eingespannt. So musste sie im Sommer mittags nach der Schule dem Großvater das Essen aufs Feld bringen. In der einen Hand trug sie die Tasche mit der warmen Mahlzeit. In der anderen die hölzerne »Stützn« mit dem Bier – die Großeltern hatten nämlich das Braurecht. Der Feldweg war staubig und zog sich lang dahin, die Sonne brannte herunter und die Tasche wurde immer schwerer. Vor einer Biegung machte die Erika Halt und trank vorsichtig einen Schluck aus der Stützn. »Och, tut des gut!« Nicht verwunderlich, dass der Schluck an der Wegbiegung zur täglichen Gewohnheit wurde.

Am Wochenende, wenn die Eltern frei hatten, durfte sie nach Bamberg in die Wohnung am Mühlwörth gegenüber von der Concordia. Am Samstagabend gönnte sich ihr Vater dann zur Brotzeit drei Schoppen, das war, gut eigschenkt, so vill wie a Moß! Abwechselnd mussten es der große Bruder und die Erika aus der »Klosterbräu« holen. Überraschend oft und ganz freiwillig sprang die Kleine für den Bruder ein, der sich nichts aus Bier und auch nichts aus Bierholen machte. Statt des Krugs nahm sie aber lieber die Milchkanne.

Gleich an der Ecke – neben der Schänk – probierte sie das Bier. »Des is fei vill besser wie dem Großvorrä seins! Nuch an Schluck! Auwauäla, etz fehlt zä vill! Des merkt dä Vorrä! Wos mach i bloß?« Da fiel ihr der »Löschenbrunna« in der Lugbank ein und sie rannte dorthin, so schnell sie konnte. Der Strahl sauste so kräftig hinein, dass das Bier herausspritzte. Etz woä widdä zä vill drinna!

Wohl oder übel musste das Mädchen noch einen Schluck nehmen, der ihr aber gar nicht mehr so gut schmeckte. Dann ging's im Laufschritt durch die Judengasse, denn die Erika wusste, dass der Vater am Fenster stehend auf sie wartete. Auf der Mühlbrücke schaute sie in die Kanne. »Och Gottla, ka bissla Schaum mehr drauf!« Ganz abgestanden sah das Bier aus. In ihrer Not nahm sie die Milchkanne in beide Hände und schwenkte sie schnell, aber trotzdem vorsichtig, dass nichts herausschwappte. Und siehe, der Schaum war wieder da.

Bierholen leicht gemacht: Leider blieb die Biertankstelle (um 1960) eine einmalige Gelegenheit.

Als der Vater den ersten Schluck nahm, brummte er verärgert: »Ich waaß net, des Bier is heut widdä so dünn! Morgn soll der Bu geh, donn schmeckts bessä!« Aber es kam dem Vater gar nicht in den Sinn, dass seine hübsche, unschuldig blickende Tochter etwas damit zu tun haben könnte, er beschuldigte vielmehr den Wirt: »Deä maant välleicht, mit der Klan konn ers machn und ihä a Wasserbiä gebn!«

DEÄ EVA IHÄ ZEUCH

Kurz vor seinem Tod hat Willy Heckel noch geschrieben, die Leute sollten mir doch weiter Geschichten erzählen. Und so bekomme ich immer wieder Anrufe oder Briefe aus Bamberg und dem Umland. Auch meine Freundin Ruth erzählt, wie schon öfter, von ihrem Großvater, dem Viechhändlä Seppä. Der muss ja ein richtiges Original gewesen sein! »Boodla hob i an ganzn Himml voll«, pflegte er zu sagen, »bloß ka gscheita!« Er war nämlich bekannt dafür, dass er keine Patenschaft ablehnte, wal des ja kan Segn brengt! So kamen aus seinem Dorf und auch aus der Umgebung alle Buben zu ihm, die arm waren oder in schlechten Verhältnissen lebten oder unehelich geboren waren und die niemand als Pate zur Firmung führen wollte. Und so hart und abgebrüht er im Viehhandel auch war, so brachte er es doch nicht übers Herz, so an klan Dreegmoggl fortzuschicken.

Natürlich konnte er nicht jedes Mal eine Uhr schenken. Es war allgemein bekannt: Wennst en Seppä zum Boodn host, derfst mitn Gaul und dem Chaisla zuä Firmung fohrn und dänooch kaft eä diä a Poä Brotwörscht! So lief's auch diesmal mit dem Karli. »Obä dassd fei saubä gäwaschn, gschneuzt und gäkämmt kummst«, schärfte ihm der Viehhändler vorher noch ein. Am Firmtag ging's dann richtig mit Kutsche und Pferd nach Ebensfeld, und die Tochter vom Seppä, die Lucie, war auch dabei. Sie war eine hübsche Zwanzigjährige und der Vater war stolz auf ihre gute Figur.

Nach der Firmung gingen die drei in die Wirtschaft. Der Seppä bestellte sich a Moß, für die Tochter und den Karli a Schabeso und natürlich die Brotwörscht für den Firmling. Der verschlang sie gierig, schob seinen Teller dem Viehhändler hin und sagte gönnerhaft: »Boodla, mogst mei Kraut?« Die Lucie lachte hellauf, aber der Vater drängte zur Heimfahrt: »Ich ko doch net den ganzn Dooch nos Baa schmieärn!« Wie die Lucie in die Chaise stieg, konnte ein vorbeigehender Bauer nicht widerstehen und zwickte sie – er verstand es als Kompliment – in den schön gerundeten Hintern, über den sich ein geblümtes Sommerkleid spannte. Aber er rutschte einfach ab! Ganz verunsichert fragte er den Seppä, ob denn bei seiner Tochter alles mit rechten Dingen zugehe: »Die is ja glitschich wie a Fisch!« Der Vater klärte ihn lachend auf: »Des kummt doher, dass die Lucie a neus Korsett oohot!«

Schabeso-Abfüllanlage der Firma Zenkel in der Josefstraße (um 1957)

Das ist auch schon das Stichwort für die nächste Geschichte, die in Bamberg spielt: Nach der großen Fronleichnamsprozession gingen die »Obern Gärtner« nein »Keesmonn« odä nein »Mahr«. Sie hatten Fahnen oder Stäbe oder an Heiling gätroong und mussten sich unbedingt neue Kraft antrinken. Ihre Frauen wussten, dass sich so ein »stärkender« Frühschoppen lange hinziehen konnte, sogar bis zum Abend. So beschlossen sie, in der Stadt einen Schaufensterbummel zu machen: »Mol sähng, wos Neus gibt fürn Summä!« Schließlich standen sie vor der Auslage eines Korsettgeschäfts und musterten die Büstenhalter mit und ohne Träger, die Korsagen, Hüfthalter und die duftige Unterwäsche.

»Och«, seufzte die Anni sehnsüchtig und deutete auf einen winzigen schwarzen Slip und den passenden Büstenhalter, beides aus Spitzenstoff, »des weä doch wirkli aamol schöö!«

Winterschlussverkauf 1949 bei Cawallo in der Langen Straße

»Naa«, fährt die Elsa entrüstet dazwischen, »sowos ziechät iich nie oo, do tät i mi ja Sündn förng! Ich hob immä nuch mei kochfests Miedä aus Baawolln zän Schnürn!« »Mei Moo secht immä, wos nützt dä schönst BH, wennst nix neizätoo host«, schmettärt die Eva unbekümmert, »des brauch i alläs net. Ich loss mei Zeuch einfoch schlambärn!«

Und dazu hat mir wieder die Ruth etwas erzählt, das genau dazu passt: Zwei Schulfreundinnen haben sich nach längerer Zeit überraschend in der Stadt getroffen und gingen miteinander zum Konditor. Man weiß ja, dass Kaffee gesprächig macht, und es dauerte gar nicht lang, da hat die Susi der Hilde ihr Herz ausgeschüttet: »Mei Fritz is aa nimmä deä, wu eä amol woä! Ich koo aussähng und oohom wos i mooch, ich intäressieä na übähaupts nimmä! Eä is dodal lustlos und zwischä uns löft goä nix mehä – du waaßt scho, wos i maan!« »No, des geht fei net«, sagt die Hilde, »etz seid ihä zwaa grod a poä verzich! Do musst fei wos dägechä doo!« »Ich hob ja den bestn Willn, obä wos solli denn machn?« »Kaaf diä a poä schöna Dessous, schworza Spitzn odä so und überrasch dein Fritz dämit. Werst amol sähng, des wirkt Wundä!«

Also kauft sich die Susi einen schönen BH und einen winzigen Slip aus Spitzen, und die Verkäuferin überredet sie auch noch zu einem durchsichtigen Negligé, natürlich alles in Schwarz, weil das ja so verführerisch ist, sagt sie. Kurz bevor der Fritz am Abend von der Arbeit kommt, zieht sich die Susi um – oder besser aus. Sie wirft sich auch noch lässig das schwarze Negligé über und setzt sich aufs Sofa, in einer Stellung, die sie auf einem Plakat gesehen hat, und hält sich für unwiderstehlich. Jetzt hört sie den Schlüssel an der Wohnungstür sperren und gleich darauf öffnet der Fritz die Zimmertür, sieht sie, bleibt wie angewurzelt stehen und schreit: »Sooch bloß, dei Murrä is gschtorm!«

Wechä jedm Schiess

Wenn wir als Kinder kleine Arbeiten oder Einkäufe für die Mutter machen mussten, fragten wir oft maulend: »Und wos griech i däfüä?« War sie guter Laune, so antwortete sie: »A silberns Nixla und a goldns Wart-a-weng!« Manchmal sagte sie aber auch spöttisch: »Griechst an Schieß in aanä Blosn, donn kost dämit schlöddärn!« Fing ich gleich zu heulen an, weil ich mir das Knie aufgeschürft hatte oder weil ich das neue Sommerkleid noch nicht anziehen durfte, dann hieß es: »Grein doch net wechä jedm Schieß!«

A Schieß ist also soviel wie ein Nichts – aber nicht immer! Diese Überlegungen kamen mir, als ein alter, reizender Bamberger mir a Gschichtla däzehlt hot, weil er nicht will, dass im »Weltkulturerbe« unsre urwüchsige Ausdrucksweise vergessen wird.

Nach der Fronleichnamsprozession traf sich, wie auch heute noch, die Malerinnung zu einem Umtrunk in ihrer Zunftstube am Fuß des Dombergs. Damals, in den fünfziger Jahren – vielleicht ist's noch immer so – zog sich der Frühschoppen bis in den Nachmittag hinein. Der Obermeister Franz tat sich auch beim Trinken besonders hervor, und es stellte sich heraus, dass er nicht mehr allein gehen konnte. No ja, eä hot halt sein Seihä ghobt! Zwei Meister griffen ihm unter die Arme, nahmen ihn in ihre Mitte und steuerten ihn heim in den Sand, wo er wohnte. Als sie unten am Katzenberg angekommen waren, sprach sie eine Touristengruppe an: »Wir suchen eine Brauerei ›Schlenkerle‹! Ist das noch ein weiter Weg?« Die beiden Meister schauten sich zuerst belustigt an und dann hinüber zum »Schlenkerla«. Aber schon antwortete der Obermeister, wenn auch mit einem gewissen Zungenschlag: »Da Wech is so weit wia a Schieß long is!«

»Schlenkerla«

Dass der manchmal viel zu lang sein kann, zeigt sich an einer anderen Geschichte: Vor dem Konzil gab es die so genannten »Stillen Messen« an den Seitenaltären, während am Hochaltar gleichzeitig ein Gottesdienst mit Orgelbegleitung stattfand. So ministrierten am vorderen linken Seitenaltar der Karmelitenkirche die beiden jüngsten Messdiener, der Hansi und des Fritzla, die noch nicht einmal bei der Erstkommunion gewesen waren. Da merkte der Fritz, dass es in seinem Bauch zwickte und rumorte. »Des is bästimmt des Sauäkraut vo gestern Ohmd!«, dachte er, trampelte von einem Fuß auf den anderen und wurde abwechselnd rot und blass vor Anstrengung, das Gewitter zurückzuhalten. Umsonst! Gerade, als in der Kirche völlige Stille herrschte – am Hochaltar wurde der Kanon ja leise gesprochen –, dachte er verzweifelt: »Ich halts nimmä aus! Etz muss i an Schieß lossn! Ich wer doch deswechä net nei die Höll kumma, wus eisärna Klöß und Stecknodlsuppn zä essn gibt!« Und schon brach eine wahre Kaskade von Schießn los! Die Leute in den benachbarten Bänken lauschten verwundert, dass so a klaanä Käll so großä Schieß lossn ko, und den Hansi schüttelte es vor unterdrücktem Lachen. Der Pater Benedikt drehte sich vom Altar um und flüsterte streng: »Halt's doch wenigstens zurück, bis die Orgel wieder spielt!« Des Fritzla, verzweifelt: »Obä wos mä net in dä Hend hot, ko mä doch net haltn!«

Erster und Zweiter, Viertel und Achtel

Der Andreas, ein junger, frisch gebackener Ingenieur, hatte sich bereit erklärt, die Lehrerkollegen seiner Frau, die sämtlich im Umland wohnten, auf die Sandkerwa nach Bamberg zu fahren. Ungefähr fünfzehn Jahre ist's her.

Ganz so orch wie heutzädooch woä des Gewörch om Samsdoochohmd doch nuch net. Und so fanden sie Sitzplätze in der Nähe der Elisabethenkirche. Die Herren waren froh, dass sie bei dieser Hitze ihren Durst großzügig löschen konnten, ohne an die Promille denken zu müssen. Nur der Andreas hielt sich mit nur zwei Viertel Wein sehr zurück. Nach der ersten Maß kamen die anderen schnell in Fahrt. No Lehrer sän halt aa bloß Menschen – und übä wos werd gäredt? Über die lieben Kollegen natürlich!

Zweierlei Maß – auch beim Seidla Bier

Der Hans erzählt von der letzten Jahreshauptversammlung des Lehrervereins, bei der die Wahl des Ersten Vorsitzenden anstand. Alle Anwesenden hatten fest geglaubt, dass der Heiner es wieder machen würde. Aber der wehrte sich mit Händ und Füß: »Ich hobs ocht Johä gämacht, des langt! Longsom gehts auf mei Pensionierung zu – des soll etz amol a Jüngerä machn!« Die Versammlung war bestürzt und bestürmte ihn: »Schau, du host mit deina Verbindungen immä so guta Referentn beigäbrocht, des konn doch ka andrä! Machs halt noch amol!« »Des geht wirklich net, ich muss meiner Fraa mehrä helfen beim Eikaafn und im Gartn, die konn nimmä rächt!« »Und so schöna Wanderungen und Ausflüch host immä füä uns organisiert, des mecht diä kannä nooch!«, drängte ein anderer. Aber der Heiner schien wild entschlossen: »Ich bin nimmä der Jüngst und muss aa amol o mei Gsundheit denkn! Des konn a junger Kollech aa lerna!«

Reihum wurde dann jeder gefragt, ob er das Amt des Vorsitzenden annehmen würde – lauter Absagen! Da nahmen sie Robert, einen neuen jungen Kollegen, in die Mangel, bis der sich schließlich bereit erklärte. »So, jetzt schreiten wir zur Wahl des Zweiten Vorsitzenden«, verkündete der Schriftführer. »Heiner, des konnst du doch machn, des is net vill Ärbet. Du schöpfst aus deina Erfohrung und weist den Robert ei, wie ers oopackn muss!« »Wos?«, fährt Heiner auf, »ich loss mich doch net degradiern! Zweiter Vorsitzender, dass i net lach! Den Örschtn, den hätt i gämacht!«

Allmählich geht's auf Mitternacht zu, und es ist Zeit für die Heimfahrt. Unter viel Gelächter zwängt man sich ins Auto und plaudert vergnügt weiter. Aber an der Stadtgrenze stoppt eine Polizeistreife den Wagen. Den Lehrern wird's mulmig bei dem Bierdunst im Auto. Der Potzgä leuchtet dem Andreas ins Gesicht: »Haben Sie etwas getrunken?« Blitzschnell überlegt der: »Rieng tut er's ja doch« und sagt mit seinem charmantesten Lächeln, mit dem er auch seine Frau gewonnen hatte: »Ja, ein Achtel Wein, Herr Polizeimeister, schließlich bin ich der Chauffeur.« »Gut«, sagt der Potzgä, »fahren Sie weiter!«

Die Lehrer sind ganz baff über diese schnelle Reaktion, und der Hans kommentiert: »Ich hob ja scho vill oo meina Sonderschul älebt, obä dass zwaa Viertel a Achtl gebn, dorauf sän net amol mei Schülä nuch kumma! Die Herrn Ingenieure müssn ja a ganz andra Rechnungsoärt hom!«

Billige Engel für »Jedermann«

Jedermann im Dom in beeindruckender Kulisse und Atmosphäre – und doch so verschieden von jener Aufführung auf der Freitreppe der Michelskirche! Das berühmte Spiel vom Sterben des reichen Mannes von Hugo von Hofmannsthal wurde nämlich schon mehrfach in Bamberg gezeigt – auch 1946, kurz nach Kriegsende und Zusammenbruch. Damals war das eines der ersten großen Kulturereignisse von erstaunlicher Breitenwirkung.

Trotz Hunger und Wohnungsnot war das Interesse sehr groß. Die ganze letzte Augustwoche strömte alle Welt in den Hof des Klosters Michelsberg: Jung und Alt, eingesessene Bamberger, Flüchtlinge und entlassene Soldaten saßen dicht gedrängt auf einfachen Bänken und oft genug standen noch Hunderte bis zum Torbogen.

Das alles fiel mir jetzt im Dom wieder ein, als ich gespannt auf die Schlussszene wartete, in welcher der »Glaube« und die »Guten Werke«, geleitet von Engeln, den »Jedermann« vor das Gericht Gottes führen – im Dom eindrucksvoll symbolisiert durch das Fresko des thronenden Christus in der Mandorla. Aber diesmal erschienen ja gar keine Engel!

Und gerade daran waren meine Erinnerungen festgemacht, hatte ich doch damals als einer von ihnen an der Balustrade der Michelskirche gestanden. Jetzt, nach mehr als fünfzig Jahren, muss ich innerlich lachen: So billicha Engl wie domols gibts heut nimmä.

Der Regisseur hatte sich an das Jugendamt in der Kleberstraße gewandt, er bräuchte dreizehn Bamberger Mädchen als Engel. Pfarrschwester Lichthilde von der Oberen Pfarre versuchte, unsere Gruppe dafür zu begeistern: »Welche Ehre, bei diesem Mysterienspiel mitzumachen! Die Schauspieler

Erich Ruschmann als Teufel mit den Bamberger Engeln im Hintergrund

kommen vom Akademietheater München, und es sind sehr berühmte darunter.«

Das stimmte wirklich: Die Titelrolle gab Walter Janssen, Maria Koppenhöfer stellte die »Buhlschaft« und Angela Salloker die »Guten Werke« dar. Außerdem spielten die Bamberger Symphoniker die Bühnenmusik, die Konrad Lechner eigens dafür komponiert hatte. »Und das alles dürft ihr eine

Woche lang jeden Abend erleben! Sicher springt auch eine kleine Gage für euch heraus.« Geld war ja in dieser Zeit nicht viel wert, aber wenn man als Vierzehnjährige überhaupt keins hatte, war das schon ein Anreiz.

So gingen wir eines Abends zur ersten Probe. Der Regisseur, ein Herr Dr. Rudolf Kinsky, wies uns an, wie wir aufzutreten hatten. Wir sollten mit ausgebreiteten Armen aus dem Portal der Kirche kommen, und zwar in Form einer Speerspitze. Unsere Gruppenführerin, die lange Lore, gab den Erzengel Michael vorne in der Mitte, dann folgten immer zwei ungefähr gleich große Mädchen strahlenförmig an den Seiten. Wir schritten feierlich dahin, wie wir uns halt den Gang von Engeln vorstellten. »Halt, halt!«, rief Herr Kinsky. »Nicht so steif! Mehr so!« Und machte es uns vor.

Er selbst war ein langer, dünner Mann, der den Oberkörper vorgebeugt hielt. Nun zog er den Kopf mit seiner großen, gebogenen Nase in die Schultern – »wie die Katz, wenn's donnert« –, stolzierte wie ein Storch und wedelte leicht mit seinen dürren, ausgebreiteten Armen. Mit einem Engel hatte er wirklich nicht die geringste Ähnlichkeit, eher mit einem komischen Vogel, und wir konnten uns kaum das Lachen verbeißen. Nach und nach aber machten wir es ihm schließlich recht.

Zur Aufführung erhielten wir lange, weiße Leinengewänder, mit einem Strick gegürtet, auch weiße Schuhe aus dem Theaterfundus waren für uns da, nicht aber für den Erzengel Lore, der Schuhgröße 42 hatte. Gnädig gestattete ihr Herr Kinsky, in selbst gestrickten Schafwollsocken aufzutreten. Auch das Wetter machte kein Probleme. 1946 war ein heißer, regenarmer Sommer, und Abend für Abend war der Himmel wolkenlos.

Bis zu ihrem Auftritt konnten sich die Engel im Klostergarten hinter der Michelskirche aufhalten. Dort wandelten die Schauspieler im Kostüm auf den schmalen Wegen, ihre Texte murmelnd. Nur der Teufel ließ sich nicht blicken. Er blieb im rechten Flügel des Bürgerspitals, wo er sich anzog und bemalte.

Die Friedl, ein kleiner Engel, konnte schon gegen Ende der Woche fast seine ganze Rolle auswendig und zitierte die Verse bei jeder Gelegenheit in Betonung und Ausdruck genau so, wie der Schauspieler Erich Ruschmann sie zu rezitieren pflegte. Brennend gern wollte sie auch sehen, wie der Teufel sich schminkte. Also ging sie zu der Toilette, wo er im Vorraum vor dem Spiegel saß. Sofort stand er auf und verwehrte ihr dramatisch den Zutritt. »Obä, ich muss doch mol!«, sagte sie drängend.

»Hier kommt niemand rein – den Gestank kann ich nicht ertragen«, erklärte er rigoros. »Ich denk, Teufl stinkn sowieso«, wandte sie keck ein. »Aber nicht danach, höchstens nach Pech und Schwefel!« »Obä, ich muss doch bloß klaa«, sagte sie bittend. »Na dann, meinetwegen, aber wirklich nur klein, abgemacht!« In dem kleinen Kabäuschen kam sie mit ihrem faltigen Kleid nicht gut zurecht und es dauerte etwas länger. Da war der Teufel los! Er stampfte mit den Füßen, ballerte an die Tür und schrie: »Du machst groß, du machst groß! Das ist gegen die Abmachung!« Endlich kam sie heraus: »Ehrenwort – bloß klaa!«

Nach der letzten Aufführung kümmerte sich um uns Engel niemand. Lore ging an der Spitze ihrer Schar zu Regisseur Kinsky: »Wir gehen jetzt und möchten uns verabschieden!« »Ja, dann auf Wiedersehn!«, sagte er geistesabwesend und wir wandten uns enttäuscht zum Gehen. »Halt!«, rief er plötzlich und fuhr mit der Rechten demonstrativ in die Hosentasche. »Jetzt!«, dachten die Engel. Aber er zog sie leer wieder heraus und schüttelte der Reihe nach allen die Hand und murmelte: »Danke!«

Doch das letzte Wort bei diesem *Jedermann* 1946 hatte die Friedl. Im Weggehen fing sie sogleich an, den Teufel zu zitieren:

Ein schöner Fall, ganz sonnenklar,
Und in der Suppe doch ein Haar!
Tret arglos her, vergnügt im Sinn
Und mein zu melden mich als Erben.
Ja, Vetter, ja, da liegen die Scherben!
»Hie ist kein Weg, hie ist kein Weg!«
Ah! Weiber! Fastensupp und Schläg,
Das ist, wie ich sie halten tät!

Beeindruckende Zuschauerkulisse auf dem Michelsberg 1946 beim »Jedermann«

Mirschling odä Weisskraut?

Unsrer Sprache rauher Ton: So ist eines der bekanntesten und treffendsten Mundartgedichte vom Haanzlesgörch überschrieben. Als der Burkard, mein treuer Gewährsmann aus der Wunderburg, mir die folgende Geschichte erzählte, dachte ich: Rau ist hier aber noch manches andere, nicht nur der Ton, sondern auch die Sitten – oder?

In den dreißiger Jahren verkaufte die Frau eines Gärtners in der Egelseestraße dreimal in der Woche Gemüse in ihrem Hausplatz. Es kamen immer viele Leute zur Anna, weil die Ware frisch und sehr günstig angeboten wurde. Sie war eine tüchtige Geschäftsfrau, aber sehr derb und grod oo. Ihre Kraftausdrücke kriegte man beim Einkauf gratis dazu, wenn ihr Temperament überschäumte – und das war nicht selten. Obwohl ihre Kunden meist aus Beamtenkreisen stammten, die

Tomatenernte im Gewächshaus der Gärtnerei Leicht in der Laurenzistraße (um 1925)

Abholbereit: Vor der Gemüsegroßhandlung Burgis in der Nürnberger Straße wurden die Körbe zum Transport zu den Einzelhändlern bereitgestellt; rechts im Bild die stadtbekannte Schloofers-Rettl.

sich ja bekanntlich zu »die bessärn Leut« zählen, hot sie alla mit »du« oogäredt, ob sie gäwollt hom odä net.

Recht ungehalten sagte eine Dame einmal zur Anna: »Aber bessere Manieren und eine gehobenere Sprache sollten Sie sich als Geschäftsfrau schon aneignen! Man sagt doch nicht: ›He, wos kriegstn?‹, sondern: ›Frau Oberexpeditor, was darf's denn heute sein?‹« Die Anna drauf, ungerührt: »Füä solcha Fisämatentn hob i ka Zeit, und wenn ders net passt, no kaaf doch dei halbs Pfund Spinat wu andärsch!« Dann war ein Pensionist an der Reihe: »Kann ich mich auch drauf verlassen, dass der Endiviensalat recht zart ist? Sonst werde ich von

Der Schloofers-Schorsch vor seine[r] Gemüsegroßhandlung in der Nürnberger Straße 55; links im Bild das berühmte Sachs-Motorrad der Rett (um 1947/48)

meiner Frau ausgeschimpft!« »Des will i maana, deä is zoät wie a Kinnäärschla!« Die Nächste: »Frau Anna, können Sie mir versprechen, dass die Rettiche auch bestimmt nicht pelzig oder gar hohl sind? Das verdirbt meinem Mann, dem Herrn Professor, nämlich gründlich die Laune!« »Dei Oldä soll amol bein Doktä sei Hirn untäsuung lossn, ob des net välleicht hohl is!« Eine Frau wollte einen Blumenkohl und inspizierte alle Köpfe der Reihe nach. Sie nörgelte: »Aber die Röschen sind gar nicht mehr frisch und schön und werden schon bräunlich!« »Do guck amol nein Spiegl«, meinte die Gärtnersfrau unverblümt, »und bätracht dei Gsicht mit seina Kühfleckn und Runzln – do is doch mei Keesköhl derekt schöö dägechä!«

Und dann war einmal unterm Verkaufen der Wirsing ausgegangen. Energisch rief die Anna ihren Mann: »Michl, hol mä mol schnell ausn Gartn fümf Köpf Mirschling!« Der Michl beeilte sich, so sehr er konnte, aber statt Wirsing brachte er Weißkraut! Die Anna sah ihn kommen, stemmte ihre Arme in die Hüften, streckte den Bauch vor und rollte die Augen – bei ihr ein Zeichen höchster Aufregung: »Du Hollämöffl, host gestern bein Kilgus dei bissla Hirn väsuffn! Mirschling hob i gsocht, Mirschling! Sixt doch, dass i nuch a ganza Schenzn voll Weißkraut do hob!« Den wartenden Kundinnen tat der Michl leid, wu vo seinä Fraaa so orch zammgstaucht worn is, und sie wollten ihm beistehen: »Freilich, Frau Anna, Weißkraut haben Sie gesagt!« Aber das war der berühmte Tropfen, der das Fass zum Überlaufen brachte: Wütend ergriff die Anna einen leeren Korb und stülpte ihn mit voller Kraft dem Michl über den Kopf. Zän Glück woä eä scho a weng mörb – der Korb natürlich! Der Boden brach durch, der Kopf vom Michl kam wieder zum Vorschein, aber er selbst steckte drin wie in einer Zwangsjacke und konnte sich nicht rühren.

Kein Wunder, dass diese Szene sich schnell in der Wunderburg herumsprach. Immer, wenn von da an der Michl nach einem Wirtshausbesuch mit den andern Gärtnern auf dem Heimweg war, gaben sie sich sehr besorgt: »Michl, setz fei vorsichtshalbä immä a gfütterta Kappn auf odä loss dei Körb auspolstärn! Net, dassd es nächsta Mol a Gähirnäschütterung odä goä an Dochschodn dävooträgst!«

Gerade will ich diese Geschichte an die FT-Lokalredaktion weitergeben, da ruft mich der Burkard an, dass er etwas vergessen hätte: Als der Michl ganz verdattert in seinem Korb steckte, hatte es ihm anscheinend die Sprache verschlagen, nicht aber seiner Frau: »Mächst etz, dassd rauskummst aus dein Korb – odä willst oowachsn drinna? Gleich hol i an Aamä Wassä und gieß diich oo!«

Aus dä Nürnberchä Stross

»Greina könnt i, wenn i dro denk, wie vill Gschäftä äs nuch 1950 in dä Nürnberchä Stroß gebn hot!« Allein zwischen Steinweg und der Holzgartenstraße waren es an die zwanzig Bäcker-, Metzger-, Milch- und Spezereiläden. »Und ka aanzichä existiert heut mehä!«, klagt mir ein alter Wunderburger. Alle hatten sie ihr Auskommen, weil jeder eine Spezialität aufweisen konnte. Und auf die Sonderwünsche der Kunden wurde auch eingegangen: Klopfte doch da häufig am Sonntag eine Hausfrau ans Küchenfenster des Erzählers: »Och, gäbt mä doch a Stanga Maggi-Würfäla aus euern Lodn! Ich breng heut einfoch kan Gschmock no mei Soß!«

Aber nun zu den echten Spezialitäten: Der Beck Weidig hatte die besten Krapfen und Brötchen, bei der Lina konnte man sich beim Lebensmitteleinkauf für 30 Pfennig a Likörla odä an Schnaps gönna! Und erst die Mathilde! Sie machte die besten marinierten Heringe mit viel Soß, das Stück für 25 Pfennig. Aus dem Haingebiet, ja sogar vom Kaulberg kamen deshalb am Freitag Kunden. Der Nachbar Bastl tat einmal den Ausspruch: »Also, Mathilde, nei dei Heringsschüssl tät i mi om liebstn selbä legn und vo dä Soß schlabbern!« »Do woä ja die Nürnberchä Stroß a richtigs Feinschmeckä-Eck!«, sag ich. »No freilich! Und örscht die Blut- und Lebäwörscht vom Metzgers Seppä! Ächta Spitznqualität!« Mit seinem Opel Cabrio fuhr er am Sonntag seine Frau spazieren, werktags holte er damit auf dem Rücksitz die Schweinehälften vom Schlachthof, nicht ohne vorher die Lederpolster mit einem Betttuch säuberlich abzudecken. Sah man ihn so durch die Nürnberger Straße fahren, wusste jeder gleich: Morng gibts frischa Wörscht!

Die Babett und der Nickl, ein Gärtnerehepaar, kamen einmal mittags erst kurz vor zwölf vom Feld heim. Die Babett überlegte: »Wos kochn mä denn etz schnell?« Der Nickl drauf: »Ich glaab, der Seppä hot frisch gschlacht! Waaßt wos? Ich hol schnell a poä Lebäwörscht bei na und du mechst däzu a Pfannä gärösta Kartoffln.« Die Babett freute sich über die gute Idee und der Nickl freute sich auch: In der Wirtschaft neben dem Metzger wollte er schnell mit anä Moß sein Durscht löschen. Die Kartoffeln waren längst fertig, die Babett wartete, wer aber nicht kam, war der Nickl. »Deä werd doch net beim Wirt dänebä väsumpft sei!« Mit an frischn Schörzä oo und anä Wut im Bauch schoss sie fort, ihn zu holen.

Gemischtwarenladen, vermutlich in der Moosstraße (um 1938)

Bamberger Hörnl[e] frisch vom Bäcker Reitz in der Nürn[-]berger Straße ware[n] bis in die 1970er Jahre Spitze. Ob's dieses Rezept noch gibt?

Draußen, auf der Nürnberchä Stroß, hatte sich auf der anderen Seite ein aufgeregtes Häuflein Leute angesammelt. Neugierig wollte die Babett schauen, was da passiert war: Heilichäs na! Ihr Nickl saß jammernd auf einer Hausstaffel und streckte das rechte Bein von sich. Eä hots nämlich so orch notwendich ghobt wechä die Lebäwörscht und is nei an Auto gärennt. Dabei hatte er sich ein Bein gebrochen und seine Schuh verlorn. Doch die Babett beachtete das Bein überhaupt nicht, sondern starrte wie hypnotisiert auf seine Füße: Aus den Socken schauten die Zehen heraus und die Fersen waren auch durchgewetzt. »So a Schand, so a Schand!«, zeterte sie. »Scho on Montooch hobi gsocht, du söllst frischa Sockn ooziehng!« Schnell zog sie dem Nickl die Socken aus – und wurde käsweiß: »Mich trifft der Schlooch – wie long hostn du dei Füß scho nimmä gäwaschn?« Die waren gleichmäßig von Dreck überzogen und zwischen den Zehen bröselte der schwarze Stazinäribodn heraus.

Mit den Sockenresten wollte die Babett die Füß notdürftig abputzen, da standen schon die Sanitäter da. »Mastära«, sagte der eine und musste sich das Lachen verbeißen, »des werd fei teuä! Des Füßwaschn is nämlich a Sondäleistung und in dem Foll bästimmt schwierichä zä bähandln wie deä Baabruch!« Als der Nickl wieder daheim war und schließlich wieder laufen konnte, riefen ihm seine Freunde zu, wenn sie ihn auf der Straße sahen: »Nickl, wennst übä die Stroß willst, schau fei örscht nooch, obst dei Füß gäwaschn host!«

Die Kinnä heutzädooch!

Kindergottesdienst zum Erntedankfest in einer Dorfkirche des Bamberger Umlandes. Die Katechetin hat gerade gesungen und sich dabei auf der Gitarre begleitet: *Der Sämann hat das Korn gesät, / der Schnitter hat es abgemäht. / Wir bringen dir die Gaben!*

Einige der Sechs- bis Zehnjährigen sind Bauernkinder. Die Religionslehrerin möchte, dass sie ihre eigenen Erfahrungen einbringen: »Das Säen, das kennt ihr doch alle. Denkt einmal an den Frühling! Der Sämann hat ein weißes Tuch umgebunden und streut die Körner mit Schwung in die Furchen.« Die Kinder gucken verständnislos, bis der Toni sich meldet: »Obä mei Vorrä mecht des fei mitn Bulldog, wu a Sämaschin droohängt!« Die andern Kinder nicken. »Und an Schnitter gibts fei aa nimmer«, traut sich gleich die Tanja, »des mecht alläs dä Mähdreschä!« »Ja, natürlich«, sagt die Katechetin und wird ein bisschen rot. Sie möchte sich jetzt keine Blöße mehr geben und fragt, bevor sie die Strophe mit der Mühle singt: »Ja, und wie geht's nun weiter? Wo kommen alle die vielen schönen Körner dann hin?« »Zu die Baywa!«, schreit der Nikko. In der Kirche hört man verhaltenes Gelächter, aber der Bub merkt, dass seine Antwort der Lehrerin nicht gefallen hat. »Ächt woä«, beteuert er, »fohä halt amol mit auf unsärn Bulldog zu die Baywa, nochät sixt den Haufn Körnä!«

Aufrichtig, aber auch ungeschminkt, direkt und realistisch, so redn die Kinnä heutzädooch. Des hättn miä uns net gätraut! Das seh ich doch an meinen Enkeln, und es zeigt sich schon im Kindergarten.

Dorthin geht auch Sebastian mit Begeisterung. Am 19. November, dem Fest der heiligen Elisabeth, sitzen die Kinder alle mit Annette, der Praktikantin, auf ihren Stühlchen im Kreis und sie erzählt das Leben der heiligen Frau: Wie die ungarische Königstochter schon als Kind auf die Wartburg kommt und später Ludwig, den Landgrafen, heiratet. Anschaulich beschreibt Annette die Turniere der Ritter, die Minnesänger und das dreitägige Hochzeitsfest. Die Kinder lauschen mit glänzenden Augen. Aber jäh tritt die Wende ein. Ludwig nimmt Abschied, um im Heiligen Land zu kämpfen und stirbt schon in Italien. Elisabeth verlässt die Wartburg.

Das kann Sebastian überhaupt nicht verstehen, denn Ritter und Burgen sind das Höchste für ihn. Wie kann man denn da weggehn! Er stampft mit den Füßen und wird immer unwilliger, als er hört, dass sie in eine elende Hütte zieht. Und ihre Kinder gibt sie auch noch weg! »Des tät mei Mamma nie machn!«, unterbricht er die Erzählung. »Ja, aber doch nur aus Liebe zu Gott und den Armen, für die sie ganz da sein wollte«, erklärt die Kindergärtnerin. »Wie schwer ist es doch«, denkt sie mit einem Seufzer, »heutigen Kindern die Frömmigkeitsideale des 13. Jahrhunderts näher zu bringen. Und die Heiligen waren doch nun einmal Kinder ihrer Zeit!« Dass Elisabeth häufig fastet und nur die schlechte Armensuppe haben will, das geht Sebastian auch nicht ein, wo er doch so gern die gefüllten Pfannkuchen der Oma isst.

»Sie hatte schöne und teure Kleider«, erzählt Annette weiter. »Wie mei Mamma!«, ruft Denise. »Aber die verkauft sie alle, weil sie Geld für die Hungernden braucht, und geht, obwohl sie doch Landgräfin war, nur mehr in einfachen Kleidern, ja beinahe in Lumpen.« Die einzigen Lumpen, die Sebastian kennt, sind die zum Fahrradputzen und die Feglumpen. So was kann man doch nicht anziehn! Er wird immer aufgeregter. »Und ganz jung ist die Heilige dann gestorben«, beendet Annette ihre Erzählung. »Und jetzt kommt mal alle mit!« Sie führt die Kinder in einen anderen Raum, in dem eine Statue der Elisabeth steht. Sebastian geht ganz nah heran, um sie anzuschauen. Er fasst sie sogar an – sie ist ganz kalt! Und da kann er nicht mehr an sich halten. Zornig ruft er: »Etz is sie zu Staa worn! Des hot sie etz dävoo!«

Häcker und Gärtner haben noch bis weit in die Nachkriegszeit hinein ihr Brot selbst zubereitet und nur zum Ausbacken zum Bäcker gebracht.

KIKERIKI, DÄ GÖGÄ HOT GSCHRIE'

Kikeriki, dä Gögä hot gschrie'! / Wos hot ä denn gschrie'? / Annemarie! »Wenn ich an diesen dummen Spruch denke, mit dem ich als junges Mädchen immer geärgert wurde, fällt mir eine Schulgeschichte ein, in der das ›Kikeriki‹ auch eine Rolle spielte«, erinnert sich die Annemarie, die längst in Pension ist. »Ganz plötzlich«, so erzählt sie, »musste ich als Junglehrerin – so hieß das in den fünfziger Jahren – die Klasse einer erkrankten, altbewährten Kollegin übernehmen.«

»Was mach ich bloß?«, fragte sich die Annemarie, als sie unvorbereitet vor den Zweitklässlern der Kaulbergschule stand. Alle Kinder hatten die Köpfe zu den Fenstern gedreht, denn draußen wirbelten die ersten Schneeflocken vom Himmel, obwohl es erst November war. »Frau Holle!«, durchfuhr es wie eine Eingebung die Junglehrerin. Und gleich fing sie an, das Märchen von der Goldmarie und der Pechmarie zu erzählen, von den Brotlaiben und Äpfeln in dem paradiesischen Land unter dem Brunnen. Breit malte sie die Begegnung mit Frau Holle aus, die ganz Furcht erregende große Zähne hatte. Die Kinder waren so still, dass man eine Stecknadel hätte fallen hören können. Diese Aufmerksamkeit nutzte die Junglehrerin und schloss gleich eine Sprachübung zum selben Thema an. Und dann sang sie das Lied vom *Schneeflöckchen, Weißröckchen* vor, das die Buben und Mädchen gerne lernen wollten. Am Ende der Singstunde konnten sie alle drei Strophen, es klang eher laut und vielstimmig als harmonisch – aber immerhin!

Die Annemarie hatte, so jung sie auch war, schon den Ehrgeiz, den Unterricht wie aus einem Guss zu gestalten und die verschiedenen Fächer mit einem einzigen Thema zu bewältigen. Also wurde nach der Pause mit den Broten und Äpfeln gerechnet, die die Goldmarie gerettet hatte. »So, Kinder«, sagte die Lehrerin schließlich, »und nun dürft ihr alle kleine Schauspieler sein, denn jetzt wollen wir das Märchen spielen! Wer möchte die Goldmarie sein?« Sofort flogen zwanzig Mädchenhände auf und schnackelten wie wild. Aber es konnte halt nur eine sein, die auch im Sprechen gewandt war. Margit, eins der Mädchen, das nicht zum Zug gekommen war, sagte bestimmt: »Obä donn mach ich die Frau Holle! Sie hom doch gsocht, dass die so großa Zee ghobt hot!«, und sie bleckte ihre großen, vorstehenden Zähne, auf denen eine Spange saß, um sie zu regulieren. »Naa, die redt doch so komisch mit ihra Spanga!«, protestierten die andern. »Vielleicht passt doch diese ›Spangensprache‹ gerade zur Frau Holle«, meinte die Lehrerin begütigend. Aber die Pechmarie wollte partout keins der Mädchen sein. Die Annemarie musste sämtliche Überredungskünste aufbieten, bis schließlich die Gunda zusagte: »Obä bloß wechä Ihnäna!« Und ihre Freundin machte seufzend die ungerechte Stiefmutter.

Der Gögä in seinem Element

Die Buben hingegen waren überhaupt nicht so spielfreudig und hatten Angst, etwas allein aufzusagen. Sie wurden dann die Äpfel und die Brotlaibe und fingen auch gleich an, im Chor zu schreien: »Zieh mich raus, zieh mich raus, sonst verbrenn' ich!« und »Schüttle mich, schüttle mich, wir sind alle reif!« Bloß der Uli sagte: »Ich will ka Brot und ka Apfl sei! Wal ich doch so schöö kräha ko, möchät ich dä Gögä sei, der wu schreit: ›Kikeriki, unsre goldene Jungfrau ist wieder hie!‹« Und er stolzierte in der Klasse hin und her, schlug mit seinen Arm-Flügeln, plusterte sich auf und krähte täuschend echt. »Ich will obä aa nuch wos machen«, kam es plötzlich klagend aus den hinteren Bankreihen. Es war der Lorenz, der Sohn eines Kaulberger Häckers. »Ja, jetzt meldest du dich, wo's zu spät ist«, bedauerte die Junglehrerin, »du siehst doch, es sind schon alle Rollen verteilt!« »Obä ich wissät scho nuch wos«, sagte der Lorenz geheimnisvoll. »Ja, was denn, dann sag's halt!« »Mä brauchät doch an Mist, wu dä Gögä draufsteht, wenn ä Kikeriki schreit, no, und deä Mist, deä bin iich!«

ZWAA POÄ STIEFL

Immer wieder hatte ich vom »Enneagramm – die neun Gesichter der Seele« gehört, einer Hilfe zur Selbsterkenntnis und zum besseren Verstehen anderer Menschen. Es stammt ursprünglich aus der östlichen Weisheitstradition der Sufis und wurde von Jesuiten wiederentdeckt, die es bei Exerzitien verwenden. Ein evangelischer und ein katholischer Geistlicher stellten es gemeinsam in einem Buch vor. Das hatte ich gelesen und nun wurde ein Wochenendseminar dazu angeboten, ganz in unsrer Nähe. Ich gab mir einen Ruck und meldete mich an, nicht ohne vorher meinen Mann zu fragen, ob er mitkäme. »Zu so an Zeuch bringa mich ka zehä Gäul noo, obä wenns dich interessieät, no machs halt mit«, antwortete er gelassen.

Natürlich war ich am Freitagabend erst in letzter Minute fertig. Hastig nahm ich aus dem Schuhregal im Schlafzimmer, in das nur ein Lichtstrahl vom Flur fiel, die warmen, derben

Halbstiefel – es war nämlich ordentlich kalt draußen. Auf der Bettkante zog ich sie schnell an und verließ eilig das Haus.

Der Einführungsvortrag zum Enneagramm war recht spannend und auch einleuchtend: Neun ganz unterschiedliche Charaktere von Menschen in einer ersten Übersicht – aber im Wert keiner besser oder schlechter. Am nächsten Tag sollten sie alle eingehend dargestellt werden mit ihren Stärken und Schwächen: von der nach Perfektion strebenden Eins bis zur phlegmatischen Gelassenheit der Neun. In der Pause kamen die ersten Gespräche zustande. Bei einigen Teilnehmern zeigte sich, dass sie noch nicht recht wussten, welchem Typus sie sich zuordnen sollten. Na, am Ende des Seminars würde man klüger sein! Zum Abschluss des Abends wurde ein großer Kreis gebildet zu einem meditativen Tanz. Krampfhaft schaute ich auf die Füße der anderen, dass i bloß net folsch noosapp und auffall! Auf dem Heimweg fiel unter einer Straßenlaterne zufällig mein Blick auf meine Füße und ich erstarrte: Rechts saß der derbe, braune Wildlederstiefel, breit und eckig, am linken Fuß dagegen eine elegante, schwarze Stiefelette, spitz zulaufend, mit einem schon etwas räudigen Pelzbesatz. »Heilichäs Gottla! Und so woä ich etz in dem Seminar, hob mitgätanzt und hob des net amol gämerkt«, sagte ich daheim aufgeregt zu meinem Mann, während ich ihm meine zwei verschiedenen Füße zeigte. »Do hobi mi schöö blamieät!« Er fing schallend an zu lachen, meinte dann aber: »Do derfst dä goä nix draus machn! Wenn dich aans ooredt, sechst einfoch, des is etz die neu Mode. Und außädem, so exaltierta Leut« – des »spinnäta« hot eä grod nuch väschluckt! – »wu do in dem Vortrog sän, die müssn doch übä so wos wechsähng!«

Am Samstagmorgen ging das Seminar weiter. Kaum hatte ich den Saal betreten, steuerte auch schon eine junge Frau auf mich zu: »Ich hab gestern Ihren unwahrscheinlichen Mut bewundert, mit zwei verschiedenen Schuhen zu kommen, und muss Sie heut unbedingt ansprechen! Sagen Sie, hat das irgend etwas mit Ihrer Stellung im Kreis des Enneagramms zu tun? Was bedeuten die zwei verschiedenen Schuhe? Sicher sind Sie eine Vier, der künstlerische Typ, der mehr im Unterbewusstsein, in der Welt des Traums lebt, und dem es nichts ausmacht, exzentrisch zu erscheinen!« Ich setzte zu einer Erklärung an, aber sie ließ sich nicht bremsen. »Vielleicht sind Sie aber auch katholisch und haben ein Gelübde getan, eine gewisse Zeit zweierlei Schuhe zu tragen«, lächelte sie entschuldigend, »ich kenn mich da nicht so gut aus!« »Aber«, setzte ich wieder an, doch schon redete sie weiter: »Ich hoffe doch nicht, dass Sie ein Fußleiden haben und nur an einem Fuß einen orthopädischen Schuh brauchen!« Jetzt erst fiel ihr Blick auf meine Füße. »Ach, heute haben Sie ja zwei gleiche Schuhe an!«, rief sie erstaunt. Endlich konnte ich der Frau erklären, dass ich im Halbdunkel des Schlafzimmers und in Eile versehentlich zwei verschiedene Schuhe angezogen hatte. »Schade«, sagte sie – und sah irgendwie enttäuscht aus.

HUSARENKRÄPFLA

Der alte, braune Kachelherd meiner Mutter taugte wohl noch zum Kochen, obä mit der Röhrn wors a Kreuz! Wennst Plätzla neigschobn host, wor die aa Hälft väbrennt und die andä nuch taagig.

Aber zum Glück konnte man ja beim Beck Hoh große Kuchenbleche für seinen Backofen leihen. Meine Mutter war als Plätzchenbäckerin ein Naturtalent und probierte alle möglichen Rezepte aus. Diesmal wollte sie – es war Anfang des

Straßenverkauf beim Beck Hoh am Kaulberg (um 1980/81)

Zweiten Weltkriegs und die Zuteilung noch nicht gar so knapp – Husarenkräpfla machen, damals eine Seltenheit. Der feine Butterteig wurde zu Kügelchen gedreht und aufs Blech gesetzt. Mit dem Finger drückte sie eine Vertiefung hinein, die nach dem Backen mit Hiffenmark ausgefüllt wurde. Sie trug das Riesenblech zum Bäcker und ich, damals neun Jahre, holte es nach ein paar Stunden wieder ab.

Da war die Backstube voller Bleche mit Plätzchen, fertige und teigige, und es roch richtig nach Weihnachten. Aber der Bäckergesell war, bloß wegen der Plätzchen, um seinen Schlaf gekommen und deshalb recht grantig. Außerdem waren für ihn nur die ausgestochenen »richtige« Plätzchen. »Auf wos füä spinnäta Ideen die Leut kumma, wos soll denn des sei?«, brummte er, als er mir das Blech übergab und die zwanzig Pfennig Backgeld kassierte.

Vorsichtig balancierte ich das Blech die Staffeln hinunter. Der festgetretene Schnee auf dem Gehsteig war zwar mit Asche gestreut, trotzdem rutschte ich nach ein paar Metern aus und hob an Bauchä gschloong. Das Blech segelte ein Stück durch die Luft und krachte dann auf den Boden. Och Gottla! Die Husarenkräpfla waren fast alle heruntergerutscht und weggerollt und eine ganze Menge war zerbrochen. Sie worn ja so mörb!

Im Ohr hörte ich gleich die Stimme meiner Mutter: »O du Dabbes!« Voller Angst klaubte ich die ganz gebliebenen Plätzchen vom Boden auf und blies vorsichtig die Asche ab. Die zerbrochenen würgte ich schnell hinunter, geschmeckt haben sie aber diesmal nicht. Dauernd stellte ich mir vor, wie orch die Muttä schendn werd, oder noch schlimmer, dass sie den ganzen Tag kein Wort mit mir reden würde. Gleichmäßig ordnete ich die Plätzchen auf dem Blech an und hoffte, dass sie's vielleicht doch nicht merken würde.

»Is des alles?«, fragte die Mutter daheim sofort. »Des gibts doch net! Hostära välorn?« »Naa!« »Odä genascht?« Ich schüttelte energisch den Kopf und wunderte mich, dass ich nicht rot wurde bei der Lüge. »Donn muss dä Lehrbu vom Beckn drübä kumma sei«, sagte die Mutter zornig. »No wart nä, des weri scho nuch amol oobrenga!« Inständig hoffte ich: »Välleicht vägisst sies!« Aber ein schlechtes Gewissen hatte ich trotzdem.

»Du wollst doch dein Sündnzettl schreiben für die örscht Beicht nächste Wochn«, erinnerte mich am Abend die Mutter. Ich verkroch mich in eine Ecke und schrieb beim siebten Gebot »Ich habe genascht«, und beim achten Gebot »Ich habe gelogen«. Aber es wurde nicht besser mit dem schlechten Gewissen. Als ich am nächsten Mittag nach der Schule vor unserer Haustür stand, konnte ich nicht hinein. Die Türklinke war einfach weg, wie sonst nur nachts. Wieder und wieder läutete ich, endlich ging oben ein Fenster auf. Die Mutter schaute mit verweintem Gesicht heraus: »Du derfst net nein Haus, dei Brüderla hot Diphterie und hochs Fiebä.« Ich begriff es zunächst nicht: Ich sollte nicht heim dürfen? »Der Doktä hots väbotn«, schluchzte die Mutter, deren eigener Bruder als Kind an Diphterie gestorben war, »es is so orch onstecknd. Hoffentlich kummts Fritzla durch! Geh naufn Kaulberch zur Großmuttä und der Tant', do derfst die nächstn Wochn bleibn.«

Das Fenster ging zu und ich stand da, wie vor den Kopf gestoßen. Die Tür blieb verschlossen! Schließlich ging ich doch mit dem Schulsack auf dem Rücken hinauf zum Kaulberg. Dauernd quälte mich die Frage, ob das die Strafe für meine Sünde, für die Lüge, sei. Ich wurde freundlich aufgenommen bei der Tant', und gegen Abend kam auch die Mutter, um Kleider und Wäsche für die nächste Zeit zu bringen. »Füä wie long?«, fragte ich ängstlich. »Wohrscheinlich für vieä Wochn!«

»Obä des geht ja übä Weihnachtn naus«, rief ich weinend, »do derf i net amol om Heilichn Ohmd haam!« »Hauptsach is doch, des Fritzla werd widdä gsund, des willst doch aa?« »Ja freilich, obä wennst morng kummst, breng mein Sündnzettl mit fürs Beichtn! Deä is in meinä Kommod västecklt, in an grüna Umschloog! Obä väsprech mä, dassd na jo net liest!« Sie versprach es hoch und heilig.

Die nächsten Wochen waren eine richtige Bußzeit für mich. Zwar wendete es die Großmutter ab, dass ich im eiskalten Stübla drom aufn Bodn schlafen musste, wo auch Mäuse waren. So wurde mein Bett auf dem Kanapetä in der Wohnstubn gemacht. Mit dem Kopf lag ich auf der steilen Seitenlehne und hatte jeden Morgen einen steifen Hals. Dreimal in der Woche ging ich mit der Großmutter und der Tant' früh um sechs ins Rorate in die Obere Pfarre. Kamen wir dann, eiskalt von Kopf bis Fuß, wieder heim, gab es bittern Malzkaffee mit eingebrocktem Brot. Wos hob i do füä Sehnsucht ghobt noch dä gutn Marmälad vo meinä Muttä! In der Schule fragte mich die Lehrerin noch, weshalb ich denn in letzter Zeit immer so komisch gekämmt wäre. Noja, die Tant' hot halt ka Kinnä ghobt und mei Frisur net richtich zammgäbrocht!

Als meine Mutter am Tag vor Heiligabend wieder auf den Kaulberg kam, raffte ich mich voller Reue doch zu einem Geständnis auf. »Die H-Hu-Hu-Husarenkräpfla«, stotterte ich, »waßt scho, domols, do hob i di oogälong.

Husarengebäck aus Marzipan, hergestellt nach alten Holzmodeln

Die sän mä nuntägfalln und vill dävo zäbrochn – und bloß die hob i gessn!« »Des waaß i scho«, lächelte meine Mutter. »Wuheä? Du host mein Sündnzettl gälesn!«, rief ich aufgebracht. »Bästimmt net! A Nachbära hot mers däzehlt. Obä es is schö, dassd mers gäbeicht host. Des Besta waßt ja nuch goä net: Dem Fritzla gehts bessä und es is ka Onsteckungsgefohr mehä. Und wal i so gedrängt hob, is des Haus heut scho desinfiziert worn, also …« »… konn i morgn, om Heilichn Ohmd, ham«, jubelte ich wie erlöst, sprang in die Höhe, tanzte und sang: »Ich derf haam, ich derf haam!« Des woä die allergrößt Weihnachtsfreud.

Weihnachtsstollen frisch aus dem Backofen

Blubb, blubb

»Socht amol, wos schenkn miä denn dem Großvorrä zu sein Siebzichstn im Janua?«, fragte der Jakob seine Familie. Es war in der Nachkriegszeit und er selber arbeitslos – also durfte es nicht viel kosten. So auf Anhieb wussten seine Kinder, der Geo und die Erika, auch nichts, aber die Mutter sagte: »Do stehn doch in anä Eckn vo dä Waschküchn die västabten Glosballone. Välleicht könntn mä an Beernwein oosetzn fürn Opa!« Ja, aber woher jetzt im Spätherbst Beeren nehmen? »Do drobn auf denna Häng untä dä Altnburg, do gibts heuä massnhaft Schleha«, fiel es dem Vater ein. »Morng, noch dä Schul, geht ihä zwaa nauf und rupft, so vill ihä könnt!«

Also zogen die beiden mit zwei Eimern und einem Spazierstock los. Die Erika hatte die abgetragenen Schuhe ihres Bruders an, bei denen die Schuhsohlen ganz dünn waren und die Löcher sich schon erahnen ließen. Der Wind pfiff rau um die Altenburg, aber die Schlehenhecken hingen noch voll. Die meisten Beeren gab es an den oberen Zweigen, und die bog der Geo mit dem Spazierstock herunter bis auf den Boden, damit die Erika leichter pflücken konnte. Manchmal stachen die langen Dornen heimtückisch durch die dünnen Sohlen. Sie schrie: »Auwauäla!«, hüpfte von einem Fuß auf den andern und die Zweige schnellten wieder nach oben. »Wos hupfst denn do rum wie a Saaltänzära!«, schimpfte der Bruder. »Wenns doch so weh tut!« Aber bis zum Abend hatten sie die Eimer doch voll gebracht.

Daheim warteten die Weinballone schon in der Küche. Der Jakob setzte die Schlehen gleich mit Hefe und Weinröhrchen an. »Obä wu stelln mä die etz noo? Aufn Küchnbodn ko mä sie net steh lossn!« Die Mutter meinte, am besten wär's auf dem dreibeinigen Tisch in der Ecke, und ihr Vorschlag wurde angenommen. Das ging auch gut und die Schlehen fingen an zu gären – bis schließlich Weihnachten vor der Tür stand.

»Och Gottla, wu stelln mä denn heuä den Christbaum hie? Auf sein Plotz steht ja dä Schlehäwein!«, jammerte da die Erika. »Ja, deä muss do aa nuch aufn Tisch, a andra Möglichkeit gibts net«, bestimmte der Vater. Kurzerhand sägte er die drei unteren Kränze der breiten Fichte einfach ab. Jetzt sah der Baum aus wie ein Besenstiel, der oben ein paar Zweige hatte, aber er passte zwischen die Ballone. Der Geo und die Erika mussten lachen, sooft sie ihn anschauten. »Des werd scho bessä, wenn eä örscht amol gschmückt is«, meinte die Mutter.

Am Heiligen Abend hängte sie den gesamten Schmuck an die paar oberen Zweige. Die waren so überladen mit Kugeln, Kerzen, Lametta, kleinen Engeln und Nikoläusen, dass kaum noch ein bisschen Grün zu sehen war. »No, so an Baam hommä aa nuch nie ghobt!« Unterdessen war die Gärung des Schlehenweins im vollen Gange und alle paar Sekunden machte es: »Blubb, blubb!«

Vor der kleinen Bescherung sollte, wie überall in Bamberg, *Stille Nacht* gesungen werden. Die Kinder richteten ihren Gesang gleich so ein, dass der »Blubberä« immer am Ende einer Verszeile ertönte. Die Eltern sangen schneller, halt im gewohnten Tempo, und so gab es bei der ersten Strophe ein großes Durcheinander. »Dunnäwettä«, entfuhr es dem Vater ganz unweihnachtlich, »muss des sei, wenn miä des aanzicha Mol im Johä mitänandä singa!« Bei der zweiten Strophe ging's schon besser. Die Eltern hatten sich den Kindern angepasst und so klang es: »Sti-hi-le Nacht« – »Blubb« tönte der erste Ballon und »blubb« antwortete der zweite –, »Hei-li-ge Nacht« – »Blubb, blubb«. Und bei jedem Blubb wackelte der dreibeinige Tisch und der Christbaum hüpfte ein bisschen: Es sah aus, als wollte er tanzen.

Die Geschwister sahen sich an und konnten sich das Lachen kaum verbeißen. Die Erika hatte eine schöne Sopranstimme und schwelgte in den höchsten Höhen: »Christ, der Retter, ist da-a!« Und vor lauter Freud, weil sie den hohen Ton, das F, so mühelos und strahlend geschafft hatte, machte sie spontan einen Luftsprung. Doch das war zuviel für den Christbaum in seinem liedschäftigen Holzständer: Eä hot des Übägäwicht griecht und is noch vorna umgäkippt. In letzter Sekunde fing ihn der Vater – als Retter – auf. »Des waaßi«, brummte er, »gleich nooch Dreikönich werd deä Schlehawein obgfüllt!« Dem stimmten die Ballone gleich zu: »Blubb, blubb!«

Weihnachten anno 1930 in Bamberg

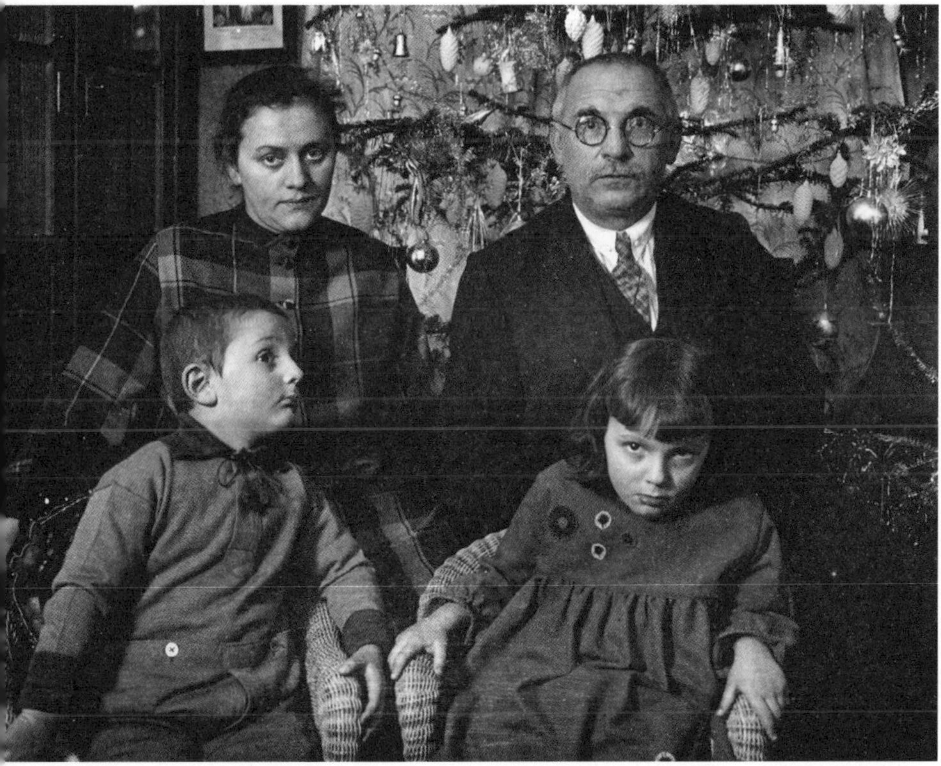

Zöpf, Gögä und Schleifn

Früher waren die Winter kälter und das Geld knapper. So beginnt die Erika ihre Geschichte. Gespart werden musste damals, in der Nachkriegszeit um 1950, in den meisten Familien an Allem, nicht nur an Kohlen. Den Mädchen ließ man in der Regel die Haare lang wachsen und flocht sie zu Zöpfen, denn so war schon das Geld für den Friseur gespart. Auch die Erika hätte liebend gern Zöpfe gehabt, aber »do muss mä halt schöna dicka Hoär hom! Bei deina dünna Federn gibt des höchstns zwaa Ratznschwänzla!« Doch die Mutter versprach, ihr wenigstens einen »Gögä« zu kämmen: Man teilte die Haare auf der Kopfdecke durch zwei Scheitel und drehte mit einem leicht gerundeten Kamm den Haarbüschel ein, und steckte den so entstandenen Gögä mit Schieberla (Haarklemmen) fest.

Damit wäre die Erika ja zufrieden gewesen, wenn nicht in der Schulbank vor ihr die Anny gesessen wäre. Die hatte die schönsten dicken blonden Zöpfe, die man sich vorstellen konnte, und die Enden lockten sich sogar ein wenig. An jedem Zopf trug sie eine tadellose, breite Schleife, die farblich immer zu ihrem Kleid passte. Das nagte an der Erika, denn außerdem war diese Anny auch ein kluges Mädchen, das vom Lehrer oft aufgerufen wurde. Bei jeder Antwort musste man damals aufstehen. Jedes Mal, wenn die Anny aufstand, warf sie stolz ihren Kopf und die schweren Zöpfe zurück, die der Erika dann mitten ins Gesicht flogen. »Musst du miä immä dei Zöpf nei mei Gsicht schmeißn!«, beschwerte sie sich bei der Mitschülerin, aber es half nichts. Die Erika schwor Rache. Sie tauchte ihren Federhalter mit der Stahlfeder in das Tintenfass, das oben an jeder Bank angebracht war, und »verzierte« die roten Schleifen mit schwarzen Tintenklecksen. Und das ging so eine ganze Weile: Sooft die Anny die Zöpfe zurückschmiss, wurden ihre

Schleifen mit Tinte bekleckert, bis sie schließlich die Erika beim Lehrer verklagte.

Ihre Strafe sah so aus: Immer, wenn das Schulzimmer abgedunkelt wurde, weil der Lehrer Dias oder einen Schmalfilm zeigen wollte, sagte er: »So, und die Erika geht so lange vor die Tür und wartet im Gang, bis der Film zu Ende ist. Man weiß ja nicht, was sie im Dunkeln anstellt!« Trotzig und mit Tränen in den Augen stand sie dann draußen: »So gern hätt ich den Märchenfilm *Von einem, der auszog, das Fürchten zu lernen* oogschaut!« Doch die Strafe hatte die umgekehrte Wirkung: Immer wieder verdarb die Erika die Schleifen mit Tinte. Also wurde ihr Vater zum Lehrer bestellt. Er fiel prompt aus allen Wolken und konnte nicht glauben, dass sein Liebling so etwas tat. »Dähamm is sie so brov und folchsam, des gibts doch goä net!« Aber der Lehrer zeigte ihm als Beweis die verdorbenen Schleifen. Aufgeregt erzählte er es daheim seiner Frau: »So a Lusch! Wos mecht mä denn mit dem Maadla? Soll i sie miä mol heänehma?« Aber die Mutter schüttelte den Kopf: »Etz kummt ja bald Weihnachtn! Und do waaßi scho a Mittl!«

Lausmaadla mit Gögä

Am Heiligen Abend lag bei der Bescherung auf dem Tisch, am Platz der Erika, ein geheimnisvolles Päckchen, in Seidenpapier

Haarschleifen bis zum Abheben? (um 1954)

gehüllt. Das Mädchen öffnete es gespannt und stieß einen Freudenschrei aus: Fünf wunderschöne Haarschleifen in verschiedenen Farben lagen da, eine sogar mit bunten Tupfen: »Und die ghörn alla miä!« Kurz vor Mitternacht machten sich Vater und Mutter, die Erika und ihr Bruder auf zur Mette in die Obere Pfarre. Die Sterne funkelten am klaren Himmel und es war bitterkalt, aber die Erika weigerte sich, die warme Wollmütze aufzusetzen. Statt dessen trug sie hoch oben auf ihrem Gögä die gepunktete Schleife, wo sie eigentlich gar nicht hingehörte. Manche Leute in der Kirche schauten verwundert auf das Mädchen, das auf seinem Kopf eine große Masche wie einen Schmetterling trug, aber das störte die Erika nicht. Als die Orgel leise anfing zu spielen, war sie nicht nur ruhig und zufrieden, sondern rundum glücklich: »Und ich will aa nie mehä die Schleifn vo dä Anny ooschmiern!«

Schmeckt der Pfeffer gut?

Als die Mutter am Vormittag des 28. Dezember vom Einkaufen heimkam, sagte sie ungehalten: »Des nimmt ja wirklich übähond mit dem Pfeffern! Net mehr als fünf Mol hom mich auf dem kurzn Wech vom Kaulberch bis haam frecha Bum oo die Baa gfitzt! Und net ehrä hom sie Ruh gebn, bis ich aa dem Letztn a Geld gebn hob! Frühä hot mä des halt in däVäwandtschaft und Nochbäschaft gemacht – obä des worn ganz fremda Läusä! Und net amol des Sprüchla hom sie gäkönnt!«

Und schnell hot sies ihrä fünfjährichn Tochter, der Rettl, beigäbrocht:

Schmeckt dä Pfeffä gut?
Is ä gsolzn, is ä gschmolzn?
Is ä gäbrotn, is ä gsottn?
Schmeckt dä Pfeffä gut?

Am Neujahrstag durften nämlich die Mädchen und Frauen die Burschen und Männer pfeffern, umgekehrt war's am Tag der »Unschuldigen Kinder«. Die Rutenstreiche um Knöchel und Beine sollten wohl ursprünglich Gesundheit für Blut und Körpersäfte bewirken. Dafür und auch um die oft derbe Prozedur abzukürzen, bekamen die »Pfefferä« Äpfel und Süßigkeiten, später auch kleine Münzen. Wenn möglich, wurden gelbe Weidenruten dazu genommen, die von einem roten oder blauen Band zusammengehalten wurden. Nach dem Zweiten Weltkrieg ging dieser Brauch in Bamberg allmählich verloren.

Aber damals, 1936, konnte die Rettl den Neujahrstag kaum erwarten. Zuerst schwang sie die Rute noch recht zaghaft dem Vater, den Onkeln und den Nachbarn um die Knöchel. Doch die Ehefrauen riefen: »Festä, festä! Und tu die Hosnbaa nauf, dass eäs aa spüät!« Und es regnete Pfennige, Fünferla und Zehnerla, sogar ein silbernes Fünfzigpfennigstück war dabei, für die Kleine ein ungeahnter Reichtum. Sie steckte alles in ihren kleinen Geldbeutel, der wie eine winzige Kassierertasche aussah, aber bald nicht mehr zuging. »Geh heä«, sagte der Großvater, »ich zähls und wechsl diäs um!« Es waren eine Mark und achtzig Pfennige, die er aufstockte und ihr ein blitzblankes, silbernes Zweimarkstück hinschob. Das konnte die Rettl nicht fassen: »Ich hob diä so vill gebn – und du gibst mä bloß aans! Ich will mei vills Geld widdä hom!« Der Großvater erklärte ihr den Wert der Münzen, aber es dauerte eine ganze Weile, bis sie einverstanden war. Im Grund war's egal – das Geld wanderte ja doch in die schwarz-silberne Sparbüchse der Aussteuerversicherung!

Pfefferä in der Luitpoldstraße/ Ecke Kunigunden-damm (um 1938

Zuletzt stieg das Rettäla hinauf in die Mansarde. Sie wusste, dass der Gustl, ein Geselle ihres Vaters, am Feiertag sehr lange schlief. Richtig, er lag noch in seinem Bett und schnarchte! Seine Frau freute sich diebisch. Blitzartig schlug sie die Zudeck hoch und wies auf seine haarigen Beine: »So, etz pfeffä na mol fest, den oldn Saufkopf! Wievill deä gestern vo dem storkn Punsch aus unsern Beernwei gätrunkn hot, des derf mä goä kan däzehln! Und dass eä jo net vädurscht, hot eä sich aa nuch a Tassn Punsch aufs Nochtkästla gstellt!« Die Rettl sagte ihr Sprüchla und fitzte seine nackten Knöchel, aber der Gustl grunzte nur und schlief weiter. Da ergriff seine Frau die Rute und peitschte seine Beine dermaßen, dass er aufschrie und sie unter die Decke ziehen wollte. Aber die Gattin hielt sie fest und ließ die Rute weiter sausen. Erst als sich rote Striemen zeigten, hörte sie auf und erklärte der Rettl, die ängstlich zugeschaut hatte: »Es woä doch bloß Spaß!« und gab ihr die Rute zurück.

Kurz vor dem Mittagessen kam schließlich der Pater Prokurator des nahe gelegenen Klosters zum Vater der Rettl, weil die Wasserpumpe streikte. Sie hätte ihn gerne gepfeffert, aber da war doch sein »Rock«, den die Erwachsenen »Kutte« nannten. In aller Harmlosigkeit fragte sie halblaut ihre Mutter: »Mamma, sooch mol, hom die Patä untä ihrä Kuttn Hosn oo?« Der Mutter verschlug es die Sprache vor Entsetzen, der Prokurator aber hatte gute Ohren, die er im Beichtstuhl auch brauchte. »Natürlich hom sie Hosn oo«, lachte er, »manchmol ganz besondera!«

Und er erzählte den Eltern, dass um 1919, als in Bayern das Königtum abgeschafft worden war, die Uniformen sämtlicher Bediensteten billig verkauft wurden. Der damalige Prokurator des Straubinger Klosters, ein sparsamer Mann, erwarb die roten Kniebundhosen der Lakaien. Die verteilte er an die jungen Novizen, die sie unter ihrem braunen Habit gut tragen konnten. Einer von ihnen, ein reizbarer Niederbayer, fühlte sich oft von den anderen verspottet. »Sie werns net glaabn: Do lupft deä Kerl jeds Mol voll Zorn sei Kuttn und zeicht denna sein feuerrotn Hintärn!«

Der Traum vo der Dampfmaschin

Wenn nach Dreikönig der Christbaum abgeleert wurde, verschwanden auch die meisten großen Geschenke wie Kaufladen, Puppenküche und die Dampfmaschine bis zur nächsten Weihnacht. In den Jahren des Zweiten Weltkriegs und danach gab es ja kaum etwas zu kaufen. Die Kinder wussten damals schon, dass am nächsten Heiligen Abend die Geschenke vom Jahr vorher wieder auftauchen würden, und freuten sich, für ein paar Wochen damit spielen zu können.

Den Eltern vom Fritzla war es im Advent gelungen, von Bekannten eine gebrauchte, aber gut erhaltene Dampfmaschine mit allem Zubehör zu erwerben: der Wunschtraum ihres Sohnes. Sie machte dem Vater, der sie bediente, genauso viel Freude wie dem Filius. Aber alles Bitten half nichts – nach Dreikönig verschwand auch sie.

Mitten im Sommer in der größten Hitze spielte der Fritz mit seinem Freund im Garten, barfuß und nur in der Badehose. Plötzlich fiel ihm die Dampfmaschine ein. Er beschrieb sie dem Michl in glühenden Farben: »Und wos do alläs däzughört! A Mühl, wu sich des Rod dreht, a Hammerwerk, zwaa Männä, wu an Baamstamm durchsägn und a Schmied – der klopft auf sein Amboss! Und des alläs werd oogätriebn vo dä Dampfmaschin!« Er hatte genau zugeschaut und sich gemerkt, wie es funktionierte. Sein Verlangen, dem Freund die Dampfmaschine vorzuführen und damit zu spielen, wurde übermächtig. Er wusste auch, wo sie aufgehoben wurde: im Mansardenstübchen, einer Art Rumpelkammer, die in der Dachwohnung der Mieterin Dorl lag.

In der Werkstatt des Vaters war gerade niemand, und so war es ein Leichtes, daraus die Spiritusflasche und eine Schachtel Streichhölzer zu holen. Der Wohnungsschlüssel der Dorl lag

Liebhaberstücke beim Antiquitätenhändler: Dampfmaschine und Porzellankopfpuppe

hinter einem losen Brett der Wandverkleidung – kein Problem, in die Mansarde zu kommen. An der Rumpelkammer steckte der Schlüssel! Da waren auch schon die Schachteln mit der Dampfmaschine und dem Zubehör. Eifrig machten sich die Buben daran, sie aufzubauen. Der Fritz füllte den Kessel mit Wasser, zog den Keilriemen über das Schwungrad und verband ihn mit der Transmission, die wiederum die verschiedenen Geräte – alle aus bemaltem Blech – antrieb. Zuletzt füllte er den Spiritus in das Wännchen, verschüttete jedoch dabei etwas, so dass ein Bächlein über den Boden lief. Hastig zündete er an – und eine grelle Stichflamme schoss in die Höhe!

Die Buben schrien entsetzt auf. Zum Glück betrat in diesem Augenblick die Dorl ihre Wohnung und sah durch die offene Tür das Feuer. Geistesgegenwärtig schüttete sie einen Eimer Wasser darauf und erstickte die Flammen mit nassen Lappen. »Des müssät ich etz eichntlich dein Voddä meldn«, sagte sie zum Fritzla, das zitternd und blass wie ein armer Sünder dastand. »Och naa, bitte, bitte net!«, greinte der. Weil sie eine große Schwäche für ihn hatte und auch die harte Hand seines Vaters kannte, versprach sie ihm, es nicht zu verraten. Die Buben mussten die Dampfmaschine wegräumen, und sie bearbeitete den Boden, um alle Spuren zu beseitigen.

Aber dann hatte die Dorl doch Bedenken: Wie, wenn der Fritz es wieder versuchte? Mit Schrecken dachte sie daran, wie vor einigen Jahren nachts in der Werkstatt Feuer ausgebrochen war. Das Haus wäre abgebrannt, hätte nicht das Fritzla als Säugling mit seinem durchdringenden Geschrei die Bewohner rechtzeitig aufgeweckt. So erzählte sie den Vorgang wenigstens der vier Jahre älteren Schwester vom Fritzla, nicht ohne ihr das Versprechen abzunehmen, den Eltern ja nichts davon zu sagen, ihren Bruder aber zu ermahnen, nicht mehr mit der Dampfmaschine zu spielen. Sie selbst durfte natürlich auch nicht erwähnt werden.

Die elfjährige Rettl stand vor einem Rätsel: Woher sollte sie das alles wissen, wo sie doch gar nicht daheim gewesen war? Im Religionsbüchlein tauchte in so einem Fall immer ein Engel auf, der sagte, was zu tun war, manchmal im Traum. Halt, das war's! Am nächsten Morgen sagte sie zum Fritz: »Stell dir vor, wos ich heut Nocht gätraamt hob! Du host mitn Michl mit dä Dompfmaschin gschpillt, und plötzlich hots gäbrennt! Ich hob solcha Ängstn ghobt, dass des Haus obbrennt und wollt löschn – obä im Traam hobi mich net rührn gäkönnt! Voä lautä Angst bin i aufgäwacht.« Keesweiß is des Fritzla worn, hot sich obgäwendt und is fortgärennt.

Am Abend kam er dann verstohlen ans Bett der Schwester und flüsterte: »Rettl, wos du gätraamt host, des is fei wirkli passieät – voä drei Dooch drom dä Rumplkammä! Die Dorl hots Feuä gälöscht und ich will bästimmt nimmä zündln!« In den nächsten Tagen schaute der Fritz zu seiner großen Schwester auf wie zu einem höheren Wesen, das übersinnliche Fähigkeiten hat, zumindest bis zum nächsten Ringkämpfla. Bei dem besiegte er die Rettl mit seinen »irdischen Kräften« – und alles war wieder beim Alten!

Seltene Winterfreuden auf der gefrorenen Regnitz 1938 (im Hintergrund die Kettenbrücke)

Lautä Schwänz

Ja, der Januar hatte es in sich, jeden Tag kamen Rechnungen ins Haus geflattert, ein wahrer Rattenschwanz: Arztrechnungen, Gebührenabrechnungen für Gas, Wasser, Abwasser und Strom, für Straßenreinigung und Müllabfuhr, Rechnungen von der Hausrat- und Haftpflichtversicherung, Bescheid über die Grundsteuer. »Und des is fei nuch net alläs«, hot mei Moo grantich gsocht, »do kummt nuch mehrä nooch! Es is ja scho beinoh a Wunnä, dass sie die Luft zän Schnaufn net bästeuärn, des is so ziemlich des Aanzicha, wu nuch umäsunst is!« Die monatliche Telefonrechnung überraschte mich angenehm: »Des is ja bloß halb so vill wie die letztn Mol!« »Pfeifädeckl«, sagte er, der immer gleich den Durchblick hat, »des sän doch Euro, die musst doch vädoppln!« Widdä nix! Dann hab ich das dünne, dunkle Haarschwänzchen in die Hand genommen, das meinem kleinen Enkel weit in den Nacken hängt. Trotz allen Zuredens will er es sich partout nicht abschneiden lassen. »Do is mä dei Hoäschwänzla trotzdem vill liebä wie deä Rattnschwonz vo Rechnunga, deä wu aa immä längä werd!«

Bei dem Reizwort »Schwanz« erinnere ich mich auf einmal an ein paar Geschichten, die schon mehr als siebzig Jahre zurückliegen.

Fast jeden Abend versammelte sich im Kaiserwirtshaus eine Stammtischrunde, alles Kaulberger. Die meistn hom net vill Geld ghobt, mehä als aa, höchstns zwaa Seidla hom sie sich net leistn gäkönnt. Da hatte der Müllers Toni eine Idee, wie das Bier für sie einmal reichlicher fließen könnte. Sie ging auf eine Beobachtung vom Sauers Andrees zurück, einem Häcker, der über die Gewohnheiten der Tiere Bescheid wusste und neben ihm saß. Der Toni war ein Pfiffikus, der Liebling des Kaulberger Publikums, weil er bei den Theateraufführungen der Kolpingsfamilie die komischen Rollen so umwerfend spielte, dass man aus dem Lachen nicht mehr herauskam. Wenn er ab und zu auch einmal eine ernste Rolle verkörpern wollte, einen trauernden Witwer beispielsweise, wurde trotzdem gelacht: Er hatte einfach komisch zu sein!

Jetzt schlug er Richard, dem Wirt, eine »einseitige« Wette vor: »Du stellst a Poä Brotwörscht aufn Tisch und miä brengas fertich, dass dei Katz sie net oorührt!« »Des gibts net«, sagte der überzeugt, »ich kenn doch mei Katz!« »Fümfäzwanzich Moß Bieä, dass sies net mecht!« »Meinäthalbn fuchzich«, setzte der Wirt dagegen, »wals ja doch unmöchlich is!« Der Toni hält die Hand hin: »Also, fuchzich Moß – schlooch ei!« »Obä nex mit Festhaltn odä Oobindn!« »Ka Spur, reine Hypnose, kennst mi doch!« Nach kurzer Zeit werden die Würste auf den Tisch gestellt. Mit einem geschmeidigen Satz ist die Katze auch oben. In diesem Moment nimmt der Andrees aus dem kleinen Topf, der immer auf dem Tisch steht, den Senflöffel und bestreicht damit dick den Schwanz der Katze. Sie miaut, wendet den Kopf und beginnt sofort eifrig ihren Schwanz zu lecken und zu putzen und lässt die Bratwürste Bratwürste sein! Der Wirt steht mit offenem Mund da, aber er lässt sich nicht lumpen. Die Stammtischrunde ist außer Rand und Band und mit der ersten Lage des gewonnenen Biers lässt sie den Toni und den Andrees immer wieder hoch leben. Es ist nicht überliefert, ob die Gewinner das gesamte Kontingent an diesem Abend versoffen – halt! – konsumiert haben. In diesem Fall hatten sie sicher einen Affen – und von dem soll jetzt die Rede sein.

Vom Wertshaus gehts etz nei die Schul: In der achten Mädchenklasse der Martinsschule hielt der Pfarrer selber den Religionsunterricht. Er war ein großer, mächtiger Mann mit einer gewaltigen Predigerstimme, was ihm später, als er Dompfarrer wurde, den Beinamen »Domlöwe« eintrug.

Der erste Kunde steht schon vor der Tür und wartet auf den frischen Fleischkäs…

Damals, Anfang der dreißiger Jahre, hielt man nichts von der Evolution, und der Geistliche sah es als seine Pflicht an, der Abschlussklasse eindringlich darzulegen, warum es nicht möglich sei, dass der Mensch vom Affen abstamme. Er zählte die Gründe auf: aufrechter Gang, freier Wille, Ebenbild Gottes… Dabei stand er mitten in der Bankreihe, direkt bei der Hanna. Neben ihr saß die Adele, die unentwegt schwätzte und überhaupt nicht zuhörte. Sie stotterte arg, immer wenn sie aufgerufen wurde, beim Schwätzen aber wunderbarerweise überhaupt nicht. Der Pfarrer hatte die unaufmerksame Schülerin schon eine Weile im Visier und kam zum Abschluss. »Also, wiederhole, Adele«, dröhnte er, »wodurch unterscheidet sich der Mensch vom Affen?« Sie wurde rot, sprang auf und suchte stotternd nach Worten: »Du-du-durch den Sch-sch-wo-wonz, Hä Pf-Pfarrä!«

DIE SCHWORZ KASSA

Hoch oben auf dem Küchenbüfett stand sie, schwarz und drohend, mit einem silbernen Tragbügel, die verhasste Sparkasse. Ihre Form lässt sich nur schwer beschreiben: länglich, oval? Obwohl sie abgerundete Kanten hatte, erinnerte sie mich immer an einen Sarg: Sie gab nie mehr etwas heraus, was sie einmal geschluckt hatte, Schütteln oder Stochern mit einem Messer oder der Gabel war zwecklos. Auf einem silbernen Etikett stand der Name der Gesellschaft, bei der meine Mutter eine Aussteuerversicherung abgeschlossen hatte, als ich zwei Jahre alt war. Sie sollte nach dem 21. Lebensjahr ausgezahlt werden, oder auch schon früher, bei Heirat. »Die Kleine ist ein hübscher Käfer«, hatte der Vertreter beim Abschluss geschmeichelt, »da müssen Sie bestimmt nicht so lange zahlen. Ich wette, die heiratet mit achtzehn!« »Bloß net«, widersprach die Mutter, »ich hob örscht mit anädreißich gheiärt – und des woä nuch zä bald!« »Und schaun Sie, die zwei Mark, die die Versicherung im Monat kostet, die sind allemal in der Sparkasse drin, wo doch jeder Besuch dem Kind etwas schenkt!«

Ich liebte die Besucher, die mir etwas Greifbares mitbrachten, und sei es nur eine Kleinigkeit: ein paar Bonbons, einen billigen Ring oder ein Malbuch. Wenn es aber gönnerhaft hieß: »No, etz breng mä mol dei Sporkassa!«, dann kletterte ich missmutig auf einen Stuhl und holte sie herunter. Wenn dann der Gast eine blanke Mark in die Sparkasse versenkte, nicht ohne sie vorher gebührend gezeigt zu haben, sagte die Mutter mahnend: »Wie secht mä?« »Dank schöö.« Aber von Freude keine Spur!

Am Ende eines jeden Monats kam dann der einarmige Kassier, der seinen Lederbeutel unter den Armstumpf geklemmt hatte. Er nahm einen kleinen Schlüssel, mit dem er

Sparkassenschlacht in der Schule (um 1960)

den Boden der Sparbüchse aufsperrte, und sogleich rollten Pfennige, Fünferla und Zehnerla, vielleicht auch ein Markstück über die Tischplatte. Geschickt zählte er mit einer Hand zwei Mark ab und streifte sie in seinen Beutel, das Übrige tat er wieder zurück in die Sparkasse. Ich verfolgte es mit sehnsüchtigen Blicken: Scho für a Fünferla hätt i an klan Schamitzl mit saura Bonbon odä süßa harta Himbeern griecht!

Wenn ich aber mal meine Mutter um Geld für Bonbons bat, war ihre ständige Red: »Des brauchts net! Überoll liest mä, dass Süßichkeitn net bloß schlächt für die Zee sän, sondärn aa für die Knochn und en ganzn Körpä!« Außerdem hatte sie als Kind jedes geschenkte Geldstück ihrer Mutter gegeben, weil die so ein knappes Haushaltsgeld hatte. Wohl bekam ich von der Mutter Bonbons, aber nur ab und zu und in kleinen Mengen. Geld brachten auch Gratulationen zum Namenstag oder Geburtstag oder das »Pfeffern« zu Neujahr – aber immer nur für die Sparkasse!

Doch es gab auch magere Zeiten, dann musste die Mutter aus ihrem Geldbeutel das Fehlende drauflegen, wenn der Kassier kam. Anders war es immer, wenn die Vertreter der Nürnberger Großhändler meinen Vater besuchten. Je nach der Größe des Auftrags, den sie erhalten hatten, steckten sie Geld in die Sparkasse.

Ich mochte eigentlich nur einen: einen kleinen, dicken, gemütlichen Mann, der mir immer schon bei seinem Kommen mit einer lustigen Verbeugung eine Tüte überreichte: »Da, kleines Fräulein! Und gib auch dem Brüderchen was ab!« Und es war jedes Mal eine Überraschung drin: Eiskonfekt, Nürnberger Allerlei oder kleine Lebkuchen und zu Ostern einmal große Marzipaneier, denen Gesichter aufgemalt waren und die sogar Hüte trugen. Und er freute sich kindlich über unsre Begeisterung! »Und ausgärechnt dem kafst immä so weng ob!«, sagte die Mutter vorwurfsvoll zum Vater, wenn dieser Vertreter gegangen war.

Aber einmal geschah etwas Unglaubliches: Herr Höllerich, der Prokurist einer großen Firma, kam nur selten persönlich nach Bamberg, ein eleganter Herr mit Juchtenledertasche und weltmännischem Auftreten, der dezent nach teurem Parfüm roch. Er stand mindestens eine Stufe höher als die üblichen Vertreter und der Vater konnte ihn kaum ohne Auftrag abweisen. Danach rief er mich her und drückte mir ein silbernes Zweimarkstück in die Hand: »Kauf dir dafür eine Schokolad! Nanu, du freust dich ja gar nicht! Kriegst du etwa jeden Tag eine?«

Hatte der eine Ahnung! Obwohl Vater und Mutter dabei standen, sagte ich trotzig: »Ich muss des Geld ja doch widdä nei die Sporkassn doo!« »Na, so etwas«, sagte er erstaunt und zog die Augenbrauen hoch, wollte mich aber doch nicht zu offenem Ungehorsam aufstacheln. Amüsiert und augenzwinkernd nahm er dann ein zweites Zweimarkstück aus seinem Geldbeutel aus Krokodilleder: »In dem kleinen Lebensmittelladen da drüben gibt's doch bestimmt auch Schokolade! Da kaufst dir eine schöne Tafel, aber dann kommst zurück und zeigst sie mir!« Vergnügt und strahlend hüpfte ich über den kleinen Platz nüber zur Wagnera. Die wollte mir zunächst nur einen Schokoladeriegel geben mit der Mokkabohne darin, für a Zehnerla! »Na, der Herr Höllerich hot gsocht, a richticha Tofl Milchschoklad solli brenga«, beharrte ich und legte das Geldstück auf den Ladentisch. Gleich brachte sie mehrere Tafeln zur Auswahl: »Und des do, a Schweizer Milchschoklad, des is die best, obä aa die teuärst!«

Natürlich entschied ich mich für sie – obwohl sie achtzig Pfennige kostete! Freudestrahlend präsentierte ich sie dem Herrn Prokuristen und gab ihm das übrige Geld zurück. »Das darfst auch noch behalten – und wenn's sein muss«, fügte er ironisch hinzu, »dann eben für die Sparkasse!«, worin er natürlich Recht behalten sollte.

Die ganze Sparerei war übrigens fast für die Katz: Als ich nach der Währungsreform mit neunzehn heiratete, bekam ich als Aussteuergeld statt der vereinbarten tausend Mark gerade mal den zehnten Teil! Den zarten Schmelz und den Geschmack der teuren Milchschokolade aber habe ich noch heute auf der Zunge.

KATZ UND MAUS

Wie die Finni im FT die Blubb-Geschichte von der ungewöhnlichen Weihnachtsmusik gelesen hat, da hat's in ihrem Gedächtnis geklingelt – in diesem Fall vielleicht besser: geblubbert – und sie hat mir eine ganz ähnliche Begebenheit erzählt. Der Gärtner Seppä besaß einen kastrierten Kater, den er »Moll« genannt hatte, nicht weil er, der Seppä, besonders musikalisch gewesen wäre, sondern in Abwandlung des üblichen weiblichen Katzennamens Molli, den er nun doch nicht gut nehmen konnte. Der Moll hing sehr am Seppä, er wartete pünktlich an der Flurtür, wenn er von der Arbeit kam, begrüßte ihn miauend, strich um seine Beine und saß beim Essen zu seinen Füßen, wobei er ihn unverwandt bittend anschaute: No, es is manchs guts Bröckla füä na obgfalln!

Im Grund tat dem Seppä sein Kater leid, der immer nur in der kleinen Altstadtwohnung herumschlich. Eines Tages lief ihm beim Staudensetzen eine kleine, noch ungeschickte Spitzmaus direkt in die Hände. »Die nehm ich mein Moll mit haam, die werd na a weng aufmuntärn!« Er ließ sie in seiner

Wohnung frei – und der Kater war wie ausgewechselt. Gewandt preschte er ihr hinterher und bekam sie unter dem Sofa zu fassen – aber er dachte nicht daran, sie zu fressen. Er wollte wirklich bloß spielen. »Välleicht«, dachte der Seppä, »hom kastrierta Katä kan Appätit auf Mäus!« Unter dem Jubel der Kinder vom Seppä hatte Moll sie schon wieder erwischt, als sie gerade versuchte, senkrecht an der Wand hochzulaufen. Er nahm sie auf seine Pfote, schleuderte sie spielerisch nach oben, so dass sie einen Purzelbaum schlug und dann im Zick-Zack auf die Zimmertür zuschoss. Moll verfolgte die Maus durch die anderen Räume. Zufällig stand die Schlafzimmertür einen

Kan Appätit auf Mäus? »Stillleben« in der Bildhauerwerkstatt von Georg Bauer am Geyerswörthplatz

Spalt breit offen. Dieses Zimmer war der Stolz der Hausfrau und für die Kinder zum Spielen tabu. Möbel und Spiegel glänzten wie geleckt und über das Bett war eine himmelblaue Tagesdecke gebreitet, auf der eine goldgelockte Puppe thronte – a wohrä Stood! In einer geschützten Ecke stand ein Ballon mit Schwarzbeerwein, den man zum Gären hierher gestellt hatte. Weil der aber nicht nur blubberte, sondern ab und zu auch ein paar Tropfen ausspuckte, stand er in einer flachen Blechschüssel. In ihr hatte sich rund um den Ballon eine schwarzblaue Lache gebildet.

Dahinein sprang die kleine Spitzmaus in ihrer Angst und Not und rannte wie irr rundherum, während der Moll mit seiner Pfote versuchte, sie herauszufischen. Schließlich hüpfte auch er in die Schüssel und jetzt glückte es: Er hatte sie! Sie stieß einen dünnen Schrei aus, die Kinder einen lauten. Gleich warf er sie wieder in die Luft und sie landete auf der himmelblauen Tagesdecke – der Kater, nicht faul, immer hinterher. Die blonde Puppendame fiel vor Schreck aus dem Bett, als Katz und Maus auf der Decke »Fangäläs« spielten, bis der Seppä die Kleine endlich zu fassen kriegte.

Vom Geschrei ihrer Kinder alarmiert, war die Mutter aus der Küche gekommen und schlug die Hände überm Kopf zusammen: auf ihrer sonst so makellosen Tagesdecke lauter kleine und größere Pfotenabdrücke in Schwarzblau! »Die is hie, die konni wechschmeißn! Schworzbeerfleckn gehn nie mehä raus!« »Des is doch net so schlimm«, begütigte der Seppä, aber eher kleinlaut, »so a aparts Mustä griechst nirchänds zä kaafn und zägoä die Farb passt däzu!« »Du waaßt obä aa immä wos«, gab seine Frau zornig zurück, »tu des Tierla schleunigst widdä do noo, wust äs heägänumma host! Des hot gänuch mitgämacht! Und des alläs bloß, walst du dem Katä a Maus zän Spilln mit haambrenga musst, du olds Nölla!«

Quo vadis, Botera?

»Also, socht amol, wos maantn ihä zu dera Botero-Fraa: Soll die etz neis Wassä odä net?«, fragt die Rosl beim Klassentreffen der ehemaligen Kaulbergschüler die Runde. Bunt gemischt sitzen die Maadla und Bum vo domols, jetzt alle im Rentenalter, um einen langen Tisch, und es geht sehr eng zu. Einige wohnen noch im Berggebiet, andere über die Stadt verstreut, manche haben sich im Umland angesiedelt, aber alle wollen ihren Senf dazugeben, genau wie die FT-Leser!

»No, wenn ihä mich froocht«, sagt die Rettl, »wie ich die Fotomontasch im FT gsähng hob, wu die Botera in der Regnitz is, hob i sofort gädocht: Die liecht do wie a bleiernä Fisch!« Des woä nämlich frühä so a Rednsort in Bamberch. Wenn aanä net schwimma gekönnt hot, hot eä des so umschriebn: Ich ko schwimma wie a bleiernä Fisch! »Obä aus Blei is die net«, schaltet sich der Otto ein und wendet sich an die Frauen. »Des müsstä scho zugebn, dass die Botera des is, wu mä frühä aufn Kaulberg a ›saubers, stramms Weibsbild‹ ghaaßn hot. Und des woä so ziemlich des höchsta Lob. Und gleich drauf is kumma: ›Die is net väschnitzt, die packt mä ner gern oo!‹ Obä wenn sie im Wassä liecht, no ko mä des ja nimmä!«

Die Anni, eine ehemalige Kaulbergerin, die jetzt in Südwest wohnt, macht den Vorschlag, die Plastik im Babenberger Viertel aufzustellen, damit's endlich einmal aufgewertet würde. »Wu doch der OB bei uns wohnt! Deä soll amol aufn Tisch haua!« »Worum donn net gleich nausn Gereuth? Des hätt a Aufwertung vill nötichä!« Da fährt der Rudi gleich auf: »Miä braung die net! Uns langt scho des Forum!«

Jetzt haut der Hans, der streng konservativ eingestellt ist, wirklich auf den Tisch: »Dunnäkeil! Obä vom Heumarkt muss sie wech! Ich hobs scho letzts Johä gädocht: Oo so an aus-

Fernando Boteros ›Liegende Frau mit Frucht« so, wie FT-Fotograf Ronald inklef sie zu Wasser gebracht hat.

gscheemtn, nackätn Weibsbild muss unsä Muttägottesprozession väbei! Und die Englischen Fräulein sen aa gleich dänebn!« »Etz tu ner net goä so moralisch«, fährt ihm seine Frau übern Mund, »haamlich schaust dä nämlich ganz gern so wos oo!« Da meldet sich die Silvia zu Wort. Sie ist erst seit kurzem wieder in Bamberg, nachdem sie jahrzehntelang in anderen Städten gelebt hat. »Das seh ich aber ganz anders«, sagt sie schwärmerisch, »auch die dunkelhäutige, schöne Fremde möchte der Madonna ihre Reverenz erweisen – sie legt sich ihr gewissermaßen zu Füßen!«

Es verbreitet sich verlegenes, ungläubiges Schweigen in der Runde, aber nur kurz! Die Elisabeth, die sich ein wenig in Kunst- und Heimatgeschichte auskennt, befürchtet Schlimmes: »Denkt doch einmal an die herrliche Rokokofigur des heiligen Georg von Ferdinand Tietz, die bei einer Hochwasserkatastrophe mitsamt der Seesbrücke untergegangen ist und bis heute nicht gefunden wurde!« »Obä es soll doch ka Hochwassä mehä gebn im linkn Regnitzorm!«, so der Toni. »Andräseits: Wassä hot ka Balkn!« »Loss a fetta Blunzn bodn, und es gibt Hochwassä!«, lacht dä Seppä. »Do braucht sie bloß so a Spinnä oobohrn, donn geht sie auf Grund – und is net amol nuch ganz bäzohlt!« »Ich glaab, deä Csonth«, spricht der Schorsch mit ungarischem Akzent, »hot nicht mehr olle Tossn im Schronk!«

»Wie kann man nur so kleinkariert denken«, ärgert sich der Andreas, der es als ehemaliger Manager ja wissen muss. »Das wäre doch *die* Werbung für Bamberg! Die ›Liegende im Wasser‹ in aller Munde! Eine erstklassige Touristenattraktion! Nachts sollte man sie anstrahlen können – natürlich gegen Entgelt!« »Wenn scho bäleuchtn, donn obä vo untn«, witzelt der Rudi. »Obä füä die Kanuten soll des fei gfährlich sei, secht dä Bürchämastä Hipelius!« »Ach, wie romantisch«, schwärmt

Herrmann, Germanist im Ruhestand, »vielleicht würde sie auf die Schiffer erotisch wirken, so wie die blonde Sirene am Rhein! Stellt euch vor, dann hätten wir eine Loreley in der Regnitz, direkt in Bamberg. Faszinierend.« Darauf der Heiner prosaisch: »Obä wenn mä sie scho im Wassä aussetzt, donn sollät sie stott an Apfl an Moßkruch nei die Hend grieng! Und auf jedn Foll muss sie zän Spott en Rothaus ihän Hintärn nooreckn!«

SCHÖÖ HELL!?

1886: Der Pfarrer von Unserer Lieben Frau, Nikolaus Eichhorn, geht aufgeregt in seinem Pfarrhof in der »Hölle« auf und ab. Gerade hat er einen ablehnenden Bescheid der Regierung von Oberfranken zu seinem Vorhaben erhalten, die Obere Pfarre zu ihrem 500. Kirchweihjubiläum im Jahr 1887 zu »regotisieren«. Sämtliche barocken Altäre, auch den Hochaltar mit dem hineinkomponierten Muttergottesbild sowie die Kanzel wollte er entfernen lassen und durch solche im neugotischen Stil ersetzen. Auch der »nothdürftige« Turmabschluss mit der Türmerwohnung war ihm ein Dorn im Auge. Er plante eine durchbrochene, zum Baldachin aufgelöste Spitze aus Gusseisen. Außerdem sollte, um der Symmetrie willen, ein zweiter Turm an die Fassade gesetzt werden, gleichfalls in neugotischer Manier.

All die ehrgeizigen Pläne sind jedoch Makulatur: Wegen »unerschwinglicher Kosten« und mit Rücksicht auf die Volksfrömmigkeit wird das Projekt abgelehnt. Doch Pfarrer Eichhorn gibt sich nicht so schnell geschlagen. Wenigstens mit modernen, farbigen Fenstern will er die Kirche zum Weihetag

Gedenkblatt zum 80. Geburtstag von Pfarrer Nikolaus Eichhorn, der aus Anlass des 500. Kirchweihjubiläums die Obere Pfarre (wie man auf dem rechts abgebildeten Entwurf sieht) regotisieren wollte. Als i-Tüpfäla seines ehrgeizigen Plans sollte sogar ein zweiter neugotischer Turm aufgezogen werden.

verzieren. So gibt er bei einem Bamberger Glasermeister nach und nach 33 Fenster in Auftrag: mit farbigen Glasmosaiken, Bordüren und Streifen, fabrikmäßig hergestellt. Sie tauchen die Kirche in ein ungewisses, graugrünes Licht und lassen den Raum trübselig und gewissermaßen staubig erscheinen – aber es ist halt modern!

1937: Wegen der drohenden Verfallserscheinungen ist eine grundlegende Renovierung der Oberen Pfarre nötig geworden, doch es fehlt das Geld. So wird schweren Herzens der Veit-Stoß-Altar an den Dom ausgeliehen und das Ordinariat übernimmt einen Teil der Kosten. Bei dieser Gelegenheit entschließt Pfarrer Johannes Lunz, die farbigen neugotischen

Fenster, die inzwischen unter »Kitsch« rangieren, herausnehmen zu lassen. Das Denkmalamt unterstützt ihn voll und ganz, nicht aber die Häcker und Kaulberger: »Wos, dä Pfarrä will die schöna farbichn Fenstä nausschmeißn? Wos fellt denn dem ei? Etz is ä grod a Johä do – und die Fenstä sän doch bloß fuchzich Johä old!« Aber Lunz lässt sich nicht beirren. Und kaum sind die Scheiben aus normalem, hellen Glas eingesetzt, schlägt die Stimmung total um: »Hei, wie schöö hell unsä Kerng is! Etz ko mä örscht so richtich die Figurn und die Bildä überoll äkenna – und örscht die Krippn!«

Was wäre eine Zeitreise ohne einen Abstecher in die Zukunft? Wir sind – so schnäll ko mä goä net schaua – gut hundert Jahre weiter. Und was lesen wir da – ja, den gibt's donn immä nuch! – im FT?

2107: Der wortgewandte Zeitungsverleger Dr. Altstädter hat es sich nicht nehmen lassen, höchstpersönlich den Artikel »Der Dom erstrahlt wieder im hellen Licht« zu schreiben: »Pünktlich zur 1100-Jahrfeier der Gründung des Bistums Bamberg wurden im Dom die 48 Fenster von ihren Farbverglasungen befreit, die vor einem Jahrhundert eingesetzt wurden. Das Echo bei den Bambergern und den Touristen ist überwältigend: ›Wie is unsä Dom etz so schöö hell!‹ oder ›Das normale Tageslicht lässt die klare Schönheit des Innenraums erst voll zur Geltung kommen!‹« Und seine Recherchen im Zeitungsarchiv bringen in Erinnerung, dass die Farbfenster schon im Vorfeld, etwa ab 2003, auf Ablehnung stießen. Der FT wurde damals mit Leserbriefen überschwemmt, außerdem gab es Interviews mit maßgeblichen Persönlichkeiten. Daraus zitiert er einige Stimmen:

Ein Akademiker: »Ob das die Schönheit des Doms erhöht? Als eine Art *Biblia pauperum* [Im Mittelalter eine Verkündigung des Evangeliums in Bildern, für alle, die nicht lesen konnten (Anm. d. Red.)] überzeugen die theologischen Aussagen der vorgelegten Entwürfe nicht!«

Die Stimme eines Mannes aus dem Volk: »Nausgschmissns Geld is des! Miä braung ka farbichn Bildä oo die Domfenster, do dävoo hom miä im Fernsähng mehrä wie gänuch. Ich hob mä ja zägoä mit meinä Fraa die Ausstellung vo dena Fenstä-Entwürf oogschaut. ›Mancha ärinnärn miich derekt o Vorhängmustä‹, hot sie gsocht.«

Ein Geschäftsmann gibt zu bedenken: »Das ›faszinierende Abenteuer der farbigen Domfenster‹ halte ich, in einer Zeit von Rezession, steigender Arbeitslosigkeit und zunehmender Not und Seuchengefahr in der Welt für ein falsches Signal zur falschen Zeit. Selbst wenn sie nicht aus Kirchensteuermitteln finanziert werden sollen, sondern durch Spenden – wobei doch vorwiegend Unternehmer und Handwerker gemeint sind. Für uns ist es Abenteuer genug, den Betrieb mühsam über Wasser zu halten und Kündigungen zu vermeiden. Außerdem fürchte ich, dass die Kirchenaustritte zunehmen werden.«

Die Meinung einer Leserin: »Das Argument der ›verzerrenden Lichteffekte‹ durch die jetzigen Fenster kann ich nicht nachvollziehen. Bei den Morgengottesdiensten steht die Sonne ja nicht im Westen, sondern im Ostchor. Und beim letzten Kunigundenfest, beim Tanz der Frauen im Dom am Nachmittag, empfand ich die Sonnenstrahlen als belebendes Element, ja geradezu als eine himmlische Regieanweisung! Die abendliche Vesper könnte man ja zur Abwechslung in den Georgenchor verlegen.«

Eine gewisse Rettl Motschenbacher (Hä? Wer woä denn des?) sieht das auf ihre Weise: »Eichentlich secht mä ja des uns Frauen nooch, hauptsächlich, wenn mää a weng ältä sän, dass miä a gädämpfts Licht möögn, wal mä donn unsä Faltn net so orch sicht. Obä, weä waaß? Välleicht spillt bei die Herrn

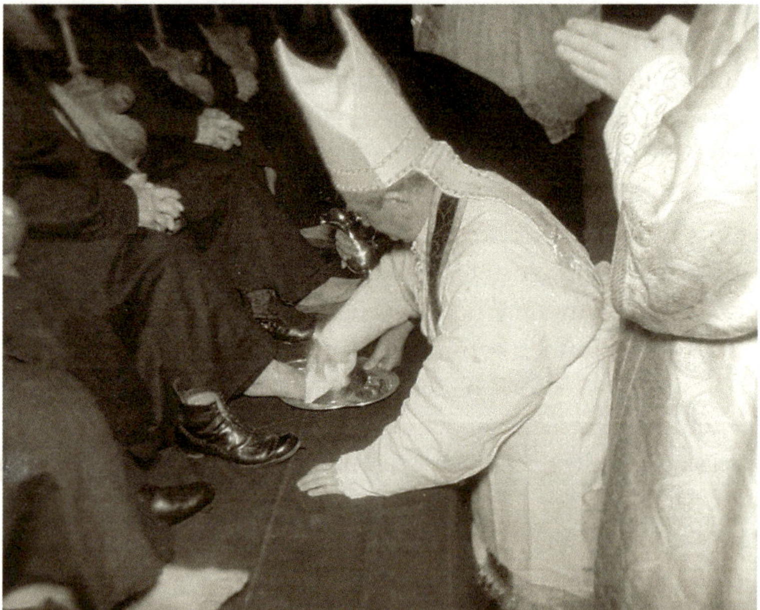

Drei Apostel (obe
der Fußwaschung
im Dom am Grü
donnerstag 1938
mit Erzbischof
Dr. Jacobus von
Hauck (unten)

Zelebrantn im Dom aa a gäwissa Eitlkeit mit, wal doch des unbästimmta Licht a weng schmeichlt und vähüllt! Schließli wern die aa net jüngä!«

Nur eine Stellungnahme des Oberhirten, des allseitig beliebten Erzbischofs Ludwig, konnte der Verfasser in der Artikelflut absolut nicht finden. »Wollen wir hoffen«, so schließt er, »dass der jetzige, dritte Dom im tausendsten Jahr seiner Weihe, also 2237, immer noch so hell und einladend ist wie jetzt!«

ZEICH AMOL DEI ZEE!

Die Finni, die Fraa vo an Kaulberchä Häckä, griecht neua Zee. In ihrem Fall heißt das, die verfärbten Zähne werden abgeschliffen und mit neuen Kronen herausgeputzt. Viele Stunden liegt sie im Zahnarztstuhl – es ist eine anstrengende Prozedur und alles andere als ein Honiglecken, auch wenn es sich mit den Martern in ihrer Kindheit beim Zohdoktä nicht vergleichen lässt. Aber endlich ist es soweit: Der Arzt schickt sie ins Dental-Labor, wo die Kronen noch den letzten Schliff bekommen sollen, eigentlich kleine Unregelmäßigkeiten, damit sie möglichst natürlich aussehen.

Im Wartezimmer kommt sie mit der freundlichen jungen Laborantin ins Gespräch. »Es is ja ka Vägleich mehä zu frühä«, meint die Finni, »ich hob zän Beispiel mei Großmuttä, wu domols aa so um die sechzich woä, bloß zohnlos gäkennt.« Kein Wunder, die alten Häcker hatten weder Versicherung noch Krankenkasse. Weil sie alles selber zahlen mussten, gingen sie nur in höchster Not zum Doktor, und zum Zahnarzt schon gar nicht. Wenn die schlechten Zähne locker saßen und einfach ausfielen, war es noch ein Glücksfall, traten aber heftige Schmerzen und geschwollene Backen auf, dann musste man doch zum »Bader Dietz« unten am Kaulberg gehen.

Er soll sehr geschickt gewesen sein im »Zahnbrechen«, wie das Ziehen auch hieß. Mit oder ohne Betäubung? Das war nicht nur eine Frage der Konstitution, sondern auch des Geldbeutels! »Ja, ja«, seufzt die Finni, »die Großmuttä hot immä gsocht, es is a Plooch, bis mä sie hot, die Zee, und aana, bis mä sie los is!« Sicher dachte sie dabei an die vielen schlaflosen Nächte, die sie mit ihren sechs Kindern hatte, wenn die zahnten, und später an ihr nächtliches Jammern und Greinen bei Zahnschmerzen.

»Da waren die Gebisse zum Herausnehmen dann schon ein Fortschritt«, unterbricht sie die Laborantin. »Da erzählt man sich in dem Dorf, wo ich herstamme, eine nette Geschichte. An einem Sonntagabend gingen drei alte Bauern miteinander ins Wirtshaus und jeder bestellte sich a Moß, zwei von ihnen auch eine Brotzeit. Der eine ließ sich den hausgemachten Presssack schmecken, der andere das Dosenfleisch. Der dritte verfolgte jeden Bissen der beiden anderen sehnsüchtig mit den Augen, und das Wasser lief ihm im Mund zusammen. Schließlich sagte er: »Ich tät ja aa gern a Brotzeit essn, obä ich hob mei Gäbiss dähamm vägessn!« Sofort langt sein Nachbar in den Mund, zieht sein eigenes heraus und schiebt's ihm hin: »Do, nimm meins!«

Jetzt kommt die Finni ins eigentliche Labor, wo der Zahntechniker ihr probeweise die neuen Kronen aufsteckt und sie zu Verbesserungsvorschlägen ermuntert. »Deä Zweiä obn is a weng long, maan i, do muss i o an Gäulszoh denkn!« »Ja, da hat sich das Zahnfleisch etwas zurückgezogen, wir werden es mit einem blassen Rosa verblenden. Aber ich finde es gut, dass Sie so interessiert sind. Neulich war ein alter Landwirt da. Als ich dem den Spiegel vorhielt, wollte er seine neuen Zähne nicht einmal anschauen. ›Des is miä doch wurscht, wie des aussicht, Hauptsach, ich ko käua!‹«

Drei alte Frauen hinterm Dom (um 1954)

Nach ein paar Tagen ist die Behandlung abgeschlossen, und die Finni kann heimgehen mit ihren neuen Zähnen, glänzend, makellos und fast wie echt. Der Geo, ihr Mann, kommt grad vom Feld heim: »No, etz zeich mä mol dei neua Zee!« Aber sie – der Himmel weiß, warum – ist in schwärzester Stimmung: »Och, wos soll denn des alläs! Manchmol möchti goä nimmä lebn! No ja, donn wär i wenigstns a schöna Leich mit denna neua Zee!« Drauf der Geo aufgebracht: »Do hört sich doch alläs auf, du wärst mä rächt! Etz sterbn! Wu die neua Zee miä zweitausnd Euro kostn! Des muss fei örscht obgeärbert wern!«

Es Fläschla

Jeden Sonntag konnten die Ordensschwestern, die im Kreiskrankenhaus Burgebrach ihren Dienst taten, beim Gottesdienst in der Pfarrkirche die Marri beobachten. Sie hatten den Eindruck, dass sie ein braves, freundliches Mädchen war, und auch fleißig und willig, wie man hörte: »Es is ihä ka Ärbet zä vill!« So fragte die Oberin die Zwanzigjährige, ob sie nicht als Lernschwester im Krankenhaus anfangen wollte. Und ob sie wollte! »Und hättest du etwas dagegen, wenn wir deinen Namen, der doch der allerschönste ist, Maria, auch so aussprechen würden?« Natürlich war sie einverstanden und fand sich schnell in der Welt des damals – Anfang der fünfziger Jahre – noch kleinen und recht familiären Krankenhauses zurecht.

Eigentlich war ihr Platz in der Aufnahme, wo sie geschickt und kräftig Hand anlegte und den ängstlichen Patienten Mut zusprach. Aber bald rief man auch aus den Krankenzimmern und auf den Fluren immer wieder nach Maria, wenn Hilfe nötig war. Doch nicht nur sie, auch die Schwestern hatten meh-

Das alte Kreiskrankenhaus Burgebrach vor dem Abriss 1999/2000

rere Aufgaben. So war die Schwester Laurentia nicht nur für das Labor und die Röntgenabteilung zuständig, sondern auch die Sakristanin der Hauskapelle. Jeden Morgen früh, wenn hier Gottesdienst gehalten wurde, rief sie dann: »Maria! Sei so gut und spring nübä zum Herrn Pfarrer und hol des Fläschla! Schau obä, dassd noch vor dä Mess widdä do bist!«

Ganz in der Nähe des Krankenhauses wohnte nämlich ein alter Pfarrer im Ruhestand. Wie ein Wiesel sprang die Marri über die Straße, läutete und sagte zur Haushälterin: »An schön Gruß vo dä Schwester Laurentia, ich soll des Fläschla holn!« Manchmal stand das runde, mittelgroße Gefäß mit Inhalt schon bereit, ein andermal hieß es: »Och Gott, do muss i örscht nauf zum Herrn Pfarrä! Välleicht schlöft eä nuch! Musst halt a weng wartn, es werd net so pressiern!« »Joo, ich soll doch voä dä Mess widda drübn sei!« Als sich dies zu oft wiederholte, wurde die Marri zornig. Sie stellte das Fläschen geräuschvoll vor Schwester Laurentia auf den Tisch und sagte ungehalten: »Do hobn Sie ihä bissla Messwein! Grod halb voll is! Do tät i miä halt gleich amol a richticha Flaschn dävoo kaafn, dass mä net immä um so a wengla bettln muss!«

Die Schwester schaute sie zuerst groß an, dann ließ sie sich in den Sessel fallen und lachte – lachte so sehr, dass ihr die Tränen über die Backen liefen. Verständnislos schaute Marri sie an, bis die Laurentia stoßweise erklärte: »Waaßtn du net, dass dä Hä Pfarrä hochn Zuckä hot? Des is doch – sei Urin –- zuä Untäsuchung!«

Auf die Kerwa gälodn

Mit ihren zwei ältesten Kindern stand die Kaulberger Häckersfrau Kuni an einem Septembersonntag des Jahres 1897 an der Posthaltestelle vor der Alten Mauth am Grünen Markt. Der Morgen war kühl und neblig, aber es versprach, ein schöner Tag zu werden. Der sechsjährige Adl und die zwei Jahre jüngere Anna hatten ihre besten Kleider an. Das lebhafte Mädchen hüpfte herum und sang: »Miä fohrn auf die Kerwa!« Ihr ernsthafter Bruder genierte sich vor den andern Wartenden: »Sei doch leis!« Aber die Anna kümmerte sich nicht darum und sprang als Erste in die Postkutsche.

Die Mutter setzte sich zwischen ihre beiden Kinder. In ihrem Sonntagskleid und dem Hut, den sie sich von ihrer Schwägerin geliehen hatte, sah sie recht passabel aus: Ohna Hut gilt mä ja nix! Die dicke, freundliche Frau ihnen gegenüber fragte gleich neugierig: »No, und wu solls denn noogeh auf die Kerwa?« »Nooch Freiafels!«, riefen die Kinder wie aus einem Mund und die Mutter erklärte, dass Verwandte von der Seite ihrer Mutter sie eingeladen hätten. »No, und Euer Moo geht do net mit auf die Kerwa?«, bohrte die Fragerin weiter. »Naa«, so die Kuni, »der is mitn Bobbäla bei seinä Muttä gäbliebn.«

Wohl war Simon dringend mit eingeladen worden, aber er hatte erklärt: »Ich denk ja goä net droo! Bis heut hom sie diä dei bissla Erbtaal nuch net ausgäzohlt! Vo denna loss ich mich doch net auf die Kerwa lodn!« Dieser Ausspruch bedeutet sinngemäß übrigens das Gleiche wie das berühmte »Götz-Zitat!« – und das stammt bekanntlich von der Agnes Schwanfelderin aus Bamberg und ist belegt für das Jahr 1454.

Allmählich lichtete sich der Nebel, die Sonne brach durch und die Kinder jubelten, als Giechburg und Gügel sichtbar wurden. In Schäätz wurden in der Poststation vor dem Anstieg des Würgauer Bergs die Pferde gewechselt. Fahrgäste stiegen aus, ein paar neue kamen dazu – es wurde eng in der Kutsche. Langsam und holpernd ging's die alte steile Bergstraße hinauf. Die Anna war auffallend still und blass geworden und da geschah es: In hohem Bogen gab ihr aufgeregter Magen seinen Inhalt von sich und geradewegs in den Zylinder, den der schwarz gekleidete Herr ihr gegenüber in der Hand hielt! »Pfui!«, rief er empört und funkelte die Kleine aus seinen dicken Brillengläsern so zornig an, dass sie zu weinen anfing. Durch Fluchen erleichtern konnte er sich ja nicht, schließlich war er ein Konsistorialrat auf dem Weg nach Bayreuth. Die Mutter entschuldigte sich fortwährend, er aber schrie: »Kutscher, halt!« und übergab ihr angewidert den Zylinder, um den Inhalt ins Gras zu kippen. Aber Wasser zum Saubermachen gab es weit und breit nicht. Die Kuni versprach, in Freienfels den Hut zu säubern. Er aber schüttelte unwillig den Kopf: »Dass Ihr mir auch noch das teure Seidenfutter ruiniert!«

Die Anna war zwar noch etwas grünlich im Gesicht, aber schon wieder recht vergnügt, weil ihr neues Kleid mit dem billigen Spitzenbesatz nur ein paar Spritzer abgekriegt hatte. Der Adl deutete begeistert auf die Felsgruppen neben der Straße. »Do gibts in Freiafels nuch mehä dävoo!«, versprach die Mutter. Die drei kamen gerade recht zum Mittagessen. Es gab Gansbraten und Schweinernes mit Sauerkraut und Klöß. »Obä unsä Gons o Weihnachtn schmeckt vill bessä!«, behauptete die Anna laut in die allgemeine Stille während des Essens.

Die Kuni wurde verlegen und versuchte, es als dummes Gerede abzutun: »Es sän halt Kinnä!« Insgeheim musste sie der Tochter Recht geben. »Wos nützt es schönsta Fleisch, wenns nooch nix schmeckt? Mit die Gäwürze könna sie halt doch net umgeh!« Im selben Moment stieß der jüngste Sohn des Bauern mit dem Ellbogen eine Schüssel um, und die haaß Gänssoß lief der Kuni aufs Kleid. »Och Gottla, du werst dich doch net vähbrüht hom?«, jammerte die Bäuerin. Das zwar nicht, aber der große Fleck ließ sich auch mit heißem Wasser nicht herausreiben.

Gleich nach dem Mittagessen brach man auf zur Nachmittagsandacht in die Kirche. Der Onkel und seine Familie waren stolz darauf, dass sie als einzige im Dorf Kerwagäste aus Bamberg hatten. »Bloß schod, dass dä Simon net däbei is!« Mit dem großen, sauberen Häcker hätte man noch mehr Staat machen können. Nach dem Kaffee mit Bröseleskuung und Krapfen war schon das Posthorn zu hören. Nur der Adl war nirgends zu finden. »Deä klettät do obn in die Felsn rum!«, sagte ein Bub.

Die Mutter schaute hinauf und ihr blieb fast das Herz stehen, als sie ihren Sohn auf einem schmalen Felsgrat balancieren sah: »Adl! Gehst runtä!«, schrie sie und hatte Todesangst. Er stieg ganz gemächlich herunter und sagte: »Ich hob doch bloß Staa gsammlt!« Seine Hosentaschen waren schwer davon. Und er war auch der Einzige, der mit der Kerwa restlos zufrieden war.

Als sie alle wieder in der Kutsche saßen, überdachte die Kuni die Aufregungen des Tages und ob ihr Simon nicht der Gescheitere war – wal eä dähamm gäbliebn is! Der Onkel hatte ihr nämlich auch noch eröffnet, dass es ihm absolut unmöglich sei, das Erbteil auszuzahlen, weil er kein bisschen bares Geld hätte: »Wu nix is, do hot aa dä Kaisä sei Recht välorn!«

Kerwavergnügen auch für Kinder: Hahnenschlag in Bamberg (um 1938/39)

Och Gottla, und ihä Klaad woä aa nuch väsaut! Die Anna, die das Karussell vermisst hatte, sagte in das Rumpeln und Poltern der Kutsche am Würgauer Berg hinein: »Obä unsä Kaulberchä Kerwa is doch schönnä!« Die Mutter stimmte ihr zu: »Die hots in sich ghobt, die Eilodung auf die Kerwa!«

Bierkastenidylle am Michelsberg

Bloss wechä dem Bieä!

Eine Hochzeit ist auch heute noch auf dem Lande ein großes Fest, und das war sie auch im Nachkriegsjahr 1946, wo es in der Stadt nichts zu nagen und zu beißen gab. Der zweite von drei Brüdern eines stattlichen Bauernhofs im Steigerwald sollte in einen noch größeren einheiraten – die einzige Tochter und Erbin! Und es war ja alles vorhanden, was man für das Festessen brauchte: Eier und Butter, Milch und Mehl und natürlich Fleisch: Zwaa Säu und a Kolb sän aufn Kopf ghaut worn, das heißt, sie wurden »schwarz« geschlachtet. Auch den zum Backen für Kuchen und Krapfen nötigen Zucker hatte man eingetauscht.

Aber was war eine fränkische Bauernhochzeit ohne Bier! Regulär gab's ja nur Dünnbier: »Des Gsöff kost net trinkn, des is ja a Strof!« Aber der Clemens aus Bamberg, ein Neffe und Patenkind des Bräutigams, wusste Rat. Kaum aus russischer Kriegsgefangenschaft heimgekehrt, hatte sich der umgängliche und lustige junge Mann mit einem Amerikaner angefreundet. Dem erzählte er, so gut es ging mit seinem bisschen Englisch von seinem *beer-problem*. Der Offizier, der gut mitfühlen konnte, wenn es um Hochzeit und Bier ging, verfügte über entsprechende Verbindungen und besorgte dem Clemens sage und schreibe 150 Liter Vollbier, wie es zu dieser Zeit nur die Amerikaner tranken. Freudestrahlend schenkte es der Neffe dem Onkel.

Aber die Militärpolizei erfuhr von diesem Bier-Schwarzhandel und kurzerhand wurde der Clemens einen Tag vor der Hochzeit verhaftet. Im offenen Jeep fuhr man ihn zum Justizgebäude und anschließend ins Gefängnis im Sand. Dahin eilte seine hübsche Schwester, die besser Englisch sprach als er, um die Sache aufzuklären. Aber die blonde Rosamunde wurde als Komplizin gleich mitverhaftet und eingekastelt. Der Clemens kam in Zelle 7, wo schon zwölf Gefangene waren. Sogar ein angeblicher Mörder war dabei! Clemens hatte große Angst um sein Leben. Jede Nacht versuchte der »Mörder« auszubrechen. Es ging sehr eng zu, und der Eimer für besonders menschliche Bedürfnisse stank fürchterlich. Wasser gab es viel zu trinken, aber wenig Brot zu essen. Nur eine warme Mahlzeit erhielten die Häftlinge am Tag: eine blasse Brühe, in der ein paar Rübenschnitzel schwammen, von den Insassen »Weißa Rum-Haschee« genannt.

Am Samstag früh war für den Clemens der Tiefpunkt erreicht: »Und etzät fährt des Brautpoä mit dä Chaisn zuä Trauung nübern Pfarrdorf!« Und dann dachte er an die zwei hübschen jungen Mädchen, die als Brautjungfern ausersehen waren. Die Braut hatte nicht nachgegeben, bis auch diese lange Kleider bekamen – in Rosa und Grün – aus seidenartigen Stoffen, die man auf die übliche Weise von der Kaliko »besorgt« hatte. »Obä die Maadla könna doch net zä Fuß geh mit ihra longa Klaadä nüber die Kerng, wu die Weech so dreckärt sän!«, hatte deren Mutter gejammert. Und der Clemens war jetzt noch stolz auf seinen Einfall, auf den Leiterwagen Bretter zu legen, die Pferde vorzuspannen und »so wern die Jungfrauen nei die Kerng kutschieät!«

Als die Bamberger Glocken Mittag läuteten, sah er die Hochzeitstafel vor sich, roch den Duft der Leberklößsuppe und der Braten: »Und ich höck im Gfängnis und grich weißa Rum-Haschee! Und alles bloß wechä dem Bieä! Do könnst dich doch nein Oärsch beißn!« Am Sonntag brachte ihm ein mitleidiger Aufseher Fresspakete von der Hochzeit: »Dassd om Lebn bleibst! Irchndwie wärs doch schod um diich!«

Am Montag erschien in der Weinstube seiner Mutter der Personalamtsleiter des Rathauses: »Ihr Sohn hat sich um eine

Stelle als Aushilfsangestellter bei der Stadt beworben, er kann sofort bei Bürgermeister Dr. Hertel anfangen. Wo steckt denn der junge Mann?« Der Mutter wurde es heiß und kalt. Sie konnte doch nicht sagen: »Im Gefängnis!« So stotterte sie etwas, dass er sich auswärts aufhielte, sie wüsste nicht genau, wo.

Am Dienstag wurde der Clemens entlassen, am Mittwoch bereits nahm er seine Arbeit im Vorzimmer des Bürgermeisters auf. Damals hat weder er noch ein anderer geahnt, dass der von den Amerikanern eingesetzte »Dr. Hertel« bald als Betrüger entlarvt und für fünf Jahre ins Gefängnis wandern sollte. Der Clemens aber stieg als Beamter unaufhörlich die Karriereleiter hinauf – bis zum Oberamtsrat. War da etwa Zauberei im Spiel, Clementino?

Bratwurstzauber mit Clementino

Blechpatschä

Wer weiß denn heute noch, dass man in Bamberg früher die Fläschner (anderswo heißen sie Spengler oder Klempner) »Blechpatschä« oder »Blechbuckl« nannte? Ins Gsicht nei hot mä sie donn manchmal ironisch mit »Herr Blechrat« oogeredt. Heutzutage haben sie eigentlich nicht mehr viel mit Blech zu tun. Jetzt geht es ums Installieren: Bäder, Küchen, Toiletten und Heizungen. Ja, die Fläschner haben sich gemacht!

Das fing übrigens schon in den zwanziger Jahren des vergangenen Jahrhunderts an. Von Amerika kommend, wurde der Ruf nach mehr Hygiene und Sauberkeit auch bei uns immer lauter. Damals war es ja schon etwas, wenn eine Familie die blecherne »Volksbadewanne« zur samstäglichen Reinigung in der Küche besaß. Die Fläschner warben für das »Badezimmer«, wie es damals hieß. Bei einem Festzug in Bamberg gestaltete die Innung einen eigenen Wagen, auf dem neben einem hohen Badeofen eine Badewanne mit geschwungenen, gusseisernen Füßen stand. Darin lag als gut proportionierte üppige Badeschönheit die jüngste Tochter vom Mastä Fritz. Na naa, net nackät, wu denkt ihä denn hie? Obwohl sie ein züchtiges Badekostüm trug, wurde sie zum Stadtgespräch.

Während der Kriegsjahre wurde von den Meistern, die nicht eingezogen waren, schon erwartet, dass sie sich in der Innung engagierten. Vor der Versammlung bot die Mastära ihre ganze Beredsamkeit auf: »Und dassd dich fei jo net zum Obämastä wähln lässt! Du brauchst dei Zeit für dei eigns Gschäft!« Aber als Lehrlingswart wurde der Adl festgenagelt und musste bei der Gesellenprüfung als Beisitzer anwesend sein. Jedes Mal regte er sich über die schlechten Noten mancher Lehrlinge im Schlusszeugnis der Berufsschule auf: »Die Lehrä müssn ja denkn, die Handwerker sän die reinstn Deppn!« Und er wand-

Blechpatschä Fritz Müller vor seinem Haus an der Sutte (um 1910)

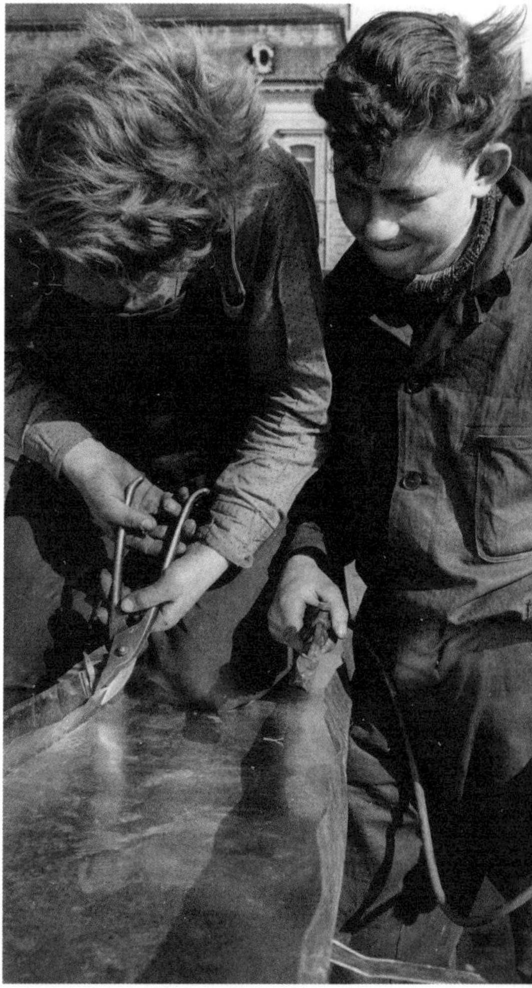

te sich an den Prüfling: »So, in Deutsch host an Fünfä! Wie kummstn etz do däzu?« »Des konni aa net västeh«, antwortete der Lehrbu selbstbewusst, »mit die deutsch Sproch hob i ka Schwierigkeit, do bin i doch net schlecht!« »No ja«, sagte der Lehrlingswart augenzwinkernd, »donn steigä mol des Wort Zement! Du waaßt doch, wos steigern is – odä?« Der zukünftige Geselle setzte sofort an: »Zement, Zementer« und nach kurzem Zögern schmetterte er: »Zementärätätä!«

Wenn Neubauten und große Aufträge ausgeschrieben wurden, waren die Innungsmeister ganz erbitterte Konkurrenten. Fuhren sie aber gemeinsam zu ihren Verbandstagen, die jedes Mal in einer anderen Stadt abgehalten wurden, schienen sie wieder die besten Freunde zu sein – dazu trinkfest und lustig.

Blechpatschä-Lehrbum bei Dacharbeiten (um 1970)

Zimperlich waren sie bestimmt nicht, die Blechpatscher. Beim Essen kämpfte der »Billard«, so genannt wegen seiner runden, glänzenden Glatze, mit einem zähen Kotelett. »No, Billard«, so sein Nachbar, »schaffst dein Abortdeckl odä söll i diä helfen?«

Und da sind wir schon bei den anrüchigen und hinterlistigen Arbeiten der Fläschner. Ganz aufgeregt rief die Frau Hochrein, die Ehefrau eines Beamten, beim Fläschner an: »Och Mastä, es is furchtboä! Nix geht mehä! Ich hob scho alles probieät. Es reißts net durch! Ohna Klo is mä ächt välorn!« »So, so«, secht dä Mastä, »es Klo is västopft! Wos hobtä denn widdä alles neigschütt?« »Goä nix Bsonders – und es is ja aa des örschta Mol! Och bittschöö, schickn Sie miä doch unbädingt an Geselln, bevoä mei Moo, dä Obäinspektä, vom Amt haamkummt! Deä dreht sunst durch! Lossn sie mich halt net im Stich!« Der Fläschner hatte Mitleid mit der jammernden Frau und außerdem war sie eine gute Kundschaft. Und so schickte er den Gustl hin und später schaute er auch selber vorbei.

Das Klosett stand abmontiert mitten im Raum und der Geselle kniete am Boden und arbeitete am Abflussrohr, in dem bis oben schwarze Brühe stand. Die Frau Hochrein lag mit Eimer, Putzlappen und Schrubber auf der Lauer. Bei jedem Spritzer schrie sie: »Och Gottla, och Gottla!«, und wenn etwas herausschwappte, wischte sie wie verrückt. Unaufhörlich jammerte sie über das Malheur, dann wieder lobte sie den Fläschner als ihren Retter. »Etz is durch«, schnaufte der Gustl. »Och, Sie sän a Engl«, strahlte sie und fiel ihm beinah um den Hals. Eilfertig putzte sie den Boden und rieb ihn in Windeseile mit dem Lappen trocken.

»Obä etz weg mit deä Sauärei«, schmetterte sie und schwenkelte den Eimer mit dem Dreckwasser. Der Mastä und der Gsell schauten sich vielsagend an und warteten gespannt. Schwapps! Mit einem Schwung schüttete die Frau Hochrein den Inhalt ins Klo und stieß sofort einen markerschütternden Schrei aus, weil sich der Boden blitzschnell mit der schwarzen Brühe bedeckte: »Och Gott, des Klo is ja nuch goä net oogschlossn!«

Nosnpöppelespunsch

Der »Billich Jakob« – eigentlich Franz Josef Metzner – war ein stadtbekanntes Bamberger Original und ein Spaßvogel, aber ein geschäftstüchtiger dazu! »Wenn deä wissät, wos etz mit sein Gschäft passiät, drehät eä sich im Grob rum, dä Metzner DA-AM-ECK-DA«, jammert meine Nachbarin. »Und obwohl eä immä so billich woä, hot eäs zu fünf Lebnsmittlgschäftä gäbrocht. Und etz auf aamol soll sichs nimmä rentieän?«

Die Bamberger erzählen sich viele Geschichten über ihn, ein paar davon stehen ja auch schon in meinem *Potschamber*-Buch. Angefangen hatte alles mit dem Geschäft am Kaulberg. Da kam der »Billich Jakob«, wie er sich selber nannte, in seinem weißen Arbeitsmantel heraus auf die Straße und forderte derb »die Bauernschwänz« auf, seine billigen Heringe zu kaufen oder den offenen Wermut – und an Silvester seinen »Nosnpöppelespunsch«, natürlich halbä gschenkt!

Einmal lud er alle Passanten zu einem »Gratis-Essen« ein: »Kummt rei! Es gibt Kartoffl, Gans und Has', alles umäsunst!« Das ließen sich die Leute nicht zweimal sagen und strömten in den Laden. Dort stand in der Mitte ein Tisch und darauf eine große Schüssel mit dampfenden, frisch gekochten Kartoffeln. Alle schauten sich um: »Wo is die Gans? Und wo der Hos?« Do hot dä Jakob gälacht: »Wos wolltä denn? Do is doch gänau, wos i väsprochn hob: Kartoffln, ganz und haaß.«

Die Leut veräppln, des hot eä halt gor zä gern gädoo, der Jakob. So war eines Tages in seinem Hof auf einem Postament ein eigenartiges ausgestopftes Tier zu sehen, darunter konnte man lesen: »Letztes Exemplar eines Wolpertingers«. Wolpertinger? Das war in Bamberg damals noch kein Begriff. Die Rentner, die ihren Wermut tranken, standen davor und hom Maul und Aang aufgärissn: Der Kopf war der eines Hasen, mit

Grandseigneur auch ohne Hut: Franz Josef Metzner

zwei langen, aufgestellten Löffeln, dazwischen saß ein kleines Geweih wie von einem jungen Rehbock. Der Körper war zottig behaart und die Tatzen hatten lange Krallen. Weiter besaß er einen breiten, flachen Schwanz wie ein Biber.

Die Männer diskutierten hitzig, aus welchem Land oder Gebirge dieses Wesen denn käme, von dem man noch nie etwas gehört hatte. Ein Herr gab zu bedenken, dass Wolpertinger doch mehr oberbayrisch klinge. Aber schon hatte man eine Erklärung parat: »Ko doch sei, dass der nooch dem Wissnschaftlä ghaaßn werd, der wu na entdeckt hot.« »Välleicht in die Karpatn odä goä im Himalaja«, fügte eifrig ein anderer an. »Obä die Brilln auf dä Nosn, die hot eä doch in ächt bästimmt net auf«, meinte ein Dritter.

»Ihä werd doch net glaabn, dass des Viech ächt is«, mischte sich eine Frau ein, »sächtä denn net, dass des alles zammgstupflt is und dass euch dä Billich Jakob mol widdä oo deä Nosn rumgführt hot?«

Als 1922 die elektrische Straßenbahn nach nur 25 Jahren in Bamberg ihren Betrieb einstellte, ärgerte das den Metzner über alle Maßen. Deä Billich Jakob werds dem Stodtrot zeign! Er mietete vier Elektrokarren und spannte sie vor Anhänger. Auf diesen saßen acht bis zehn Personen in zwei Reihen unter gestreiften Markisen. Dieser »Straßenbahnverschnitt« durchfuhr die Stadt längs und quer: eine Ringlinie vom Bahnhof in die Innenstadt, durchs Brückenrathaus durch und zurück. Außerdem gab es die Querlinien Luitpoldeck–Hallstadter Straße, Maxplatz–Gaustadt sowie Bahnhof–Pödeldorfer Straße. Immerhin 22 Betriebstage hielt die Bamberger Straßenbahn des Billigen Jakobs durch und beförderte in dieser Zeit angeblich stolze 20000 Personen! Aber dann kam das Aus. Tausend Rentenmark Verlust hatte sie eingefahren, damals viel Geld. Dem Billigen Jakob war es das allemal wert: Schließlich war er so in aller Munde!

Später wurde das Hauptgeschäft an die Ecke der Promenade verlegt: DA AM ECK DA! Jetzt gönnte sich der Billige Jakob auch einmal selber was und trank im »Schützenhaus«, das damals noch am Schönleinsplatz stand, öfter ein Glas Wein – natürlich im Arbeitskittel, mit steifem Hut und Spazierstock, so, wie ihn in Bamberg jedermann kannte. Einen besonders günstigen Geschäftsabschluss wollte er mit einer Flasche Sekt begießen und bestellte sie beim Kellner. Doch der war neu und kannte ihn nicht. Er zog die Augenbrauen hoch und sagte geziert: »Mein Herr, in diesem Aufzug – äh, in dieser Kleidung – kann ich Sie in unserm vornehmen Haus nicht bedienen. Nehmen Sie doch Rücksicht auf die anderen Gäste!« Da erhob sich der Metzner und verließ das Lokal. Kurze Zeit später kam er zurück: im dunklen Anzug, mit weißem Hemd und

Krawatte, den unvermeidlichen steifen Hut auf dem Kopf, den er nicht abnahm. Der Kellner musterte ihn erstaunt und sichtlich zufrieden: »Sind Sie nicht der Herr von vorhin? Darf ich Ihnen jetzt den Sekt bringen?« »Na naa«, so der Billige Jakob, »etzät mooch ich na nimmä! Etzt brengst mä a Schabeso!« Der Kellner schaute verunsichert, brachte aber das Bestellte. Franz Josef Metzner warf eine Münze auf den Tisch und ging wortlos aus dem Schützenhaus. Er soll es nie mehr betreten haben.

Schabeso-Lager der Firma Zenkel in der Josefstraße amt Chef um 1957

Miä sän Weltmastä!

Das ist die Geschichte vom Hans und der Fußballweltmeisterschaft 1954. Sie ist wirklich wahr – er hat sie mir selber erzählt, gerade als der Helmut Rahn gestorben ist. Da war mit einem Schlag alles wieder lebendig, als ob's gestern erst gewesen wäre.

Und so fing es an: »Der Bu is fußballverrückt!«, behaupteten die Eltern. Nicht nur, dass der 13-jährige Hans regelmäßig mit dem Fahrrad von Bamberg nach Nürnberg trampelte, um bei den Spielen des Clubs dabei zu sein und vor allem seinen 1. FCN-Star Max Morlock zu erleben. Auch sein Pausengeld für die Schule ging gänzlich für Kaugummi drauf, weil er die Fußball-Bilder sammelte, von denen es in jeder Packung eines gab. So kaute er zwar unaufhörlich, aber nichts Nahrhaftes!

Ausgerechnet im Juni 1954 wurde er – hoch aufgeschossen und untergewichtig – zur Erholung in das Kinderheim »Hus Sünnschien« auf die Insel Föhr geschickt. Der Tag des WM-Finales war ein Sonntag und das Endspiel sollte im Fernsehen übertragen werden. Aber wer hatte damals denn schon einen Fernseher? Lediglich in manchen Schaufenstern von Fachgeschäften stand so ein Schwarzweiß-Gerät. »Darf ich wengstns das Spiel im Radio mithören?«, fragte der Hans hoffnungsvoll seine Betreuerin und bemühte sich, einigermaßen hochdeutsch zu sprechen. »Kommt gar nicht in Frage, bei so einem Wetter bleiben wir nicht in der Stube!«, war die niederschmetternde Antwort. So musste er mit den anderen Kindern an den Strand, im Watt Muscheln sammeln und dann Schlagball spielen.

Aber Hans war nicht bei der Sache. »Nuch zwaa Stundn, donn wird oogäpfiffn! Wenn ich net däbei bin, väliert unsä Monnschaft garantiert!« Das redete er sich ganz fest ein und

Zahlreiche Aufnahmen der WM-Fußballmannschaft 1954 stammen von dem Bamberger Fotografen Max Gardill. Das Foto oben zeigt Bundestrainer Sepp Herberger mit seiner siegreichen Elf beim Eintreffen in der Münchner Sportschule Grünwald, im Bild unten überreicht der Fabrikant C. Wohlhöfner aus Bamberg, der die frisch gebackenen Fußballweltmeister mit je einem Kühlschrank beglückte (was damals sehr viel wert war), sein Schenkungsschreiben an Max Morlock (rechts). Direkt neben dem Bamberger Wohltäter ist als Zweiter von links Mannschaftskapitän Fritz Walter zu sehen.

war wütend: auf seine Mutter, die ihn hierher geschickt hatte, und auf die Leute im Kinderheim, die sich kein bisschen für Fußball interessierten. Noch eine Stunde! »Wo liecht eigentlich Bern?«, fragte er eine Erzieherin. »In der Schweiz«, sagte sie. »Do is etz gleich Onpfiff«, dachte Hans verzweifelt und es kam ihm so vor, als ob Deutschland nur mit zehn Spielern ins »Wankdorfstadion« einlief – weil er nicht dabei war. Jetzt sammelten sich alle zum Heimweg, und als das »Hus Sünnschien« auftauchte, kam es ihm wie ein Gefängnis vor. »Des Spiel is etz fünf Minutn old!« Für Hans gab es kein Halten mehr. Er entwischte durch den Hintereingang, lief an die Straße und versuchte Autos anzuhalten. Das dritte hielt tatsächlich. »Wo willst du hin?«, fragte der Fahrer. »Zum Radio ... oder Fernsehen ...«, stotterte der Bub und der Mann verstand sofort. In der Hauptstraße von Nieblum ließ er ihn aussteigen, genau da, wo vor einem Schaufenster eine Menschentraube stand. Auf allen Vieren kroch er durch die Beine der Leute bis dicht vor die Scheibe und da sah er, ganz nah, lauter gute Bekannte: den Max Morlock, den Helmut Rahn, den Fritz Walter und im Tor den Toni Turek. Aber die fremden Gesichter um ihn herum zeigten nichts als Niedergeschlagenheit und Enttäuschung: Noch kein Tor für Deutschland! Ungarn, das damals als unschlagbar galt, führte mit 2:0. Außerdem regnete es in Bern: »Fritz-Walter-Wetter«, dachte Hans. Noch vier Minuten bis zur Halbzeit! Da kam die Flanke von rechts: Morlock rutschte auf dem glatten Rasen, erwischte den Ball mit der Zehenspitze – und es stand 2:1!

»Soll i in dä Halbzeit zärück zän Essn?«, überlegte der Bub. »Obä ich ko doch mei Monnschaft net im Stich lossn! Naa, iich bleib do!« In der zweiten Halbzeit dann Ecke von links, Rahn schießt aus dem Hinterhalt: 2:2! Hans ist jetzt sicher: »Des hom die bloß miä zä vädankn, wal ich doogäbliebn bin!«

Noch fünf Minuten reguläre Spielzeit. Wird es Verlängerung geben? Da! Helmut Rahn spielt seinen Gegner aus, schießt aus 16 Metern Entfernung links ins untere Toreck: »Toooor!«, schreien begeistert die sonst so spröden Inselbewohner und fallen sich in die Arme. »3 : 2! Wir sind Weltmeister!«, jubeln sie und klopfen dem Hans auf die Schultern.

Wie in Trance läuft der Hans zurück ins Heim. Aber warum sind dort im Hof Polizeiautos? Auf der Treppe stellt der Heimleiter den Ausreißer. »Wo warst du? Wir haben dich schon mit der Polizei gesucht!« Gleich stehen auch noch ein paar Beamte um ihn herum. »Obä miä sän doch Weltmastä! Und mein Morlock hot des örschta Tor gschossn und hot so long gäwart, bis ich vor dera Schaufenstäscheibn woä!« Hans stößt nicht nur wegen seiner Bamberger Mundart auf völliges Unverständnis. »Einen Ausreißer können wir hier nicht gebrauchen«, sagt der Heimleiter streng. »Pack sofort deinen Koffer! Deine Eltern werden verständigt.«

Am nächsten Morgen ging die Fähre, dann setzte man Hans in den Zug nach Würzburg, wo er umsteigen musste. Je näher es auf Bamberg zuging, desto mulmiger wurde es ihm. Was würden die Eltern sagen? Welche Strafe erwartete ihn? Durch das Abteilfenster sah er am Bahnsteig Mutter und Vater stehen – und der hatte einen Rucksack auf. »Ob die mi etz glei nei a andersch Heim schickn?«, schoss es dem Hans durch den Kopf. »Välleicht hom sie scho alles däbei?« Aber der Vater rief schon von weitem: »Miä sän Weltmastä!« Und er nahm aus dem Rucksack einen nagelneuen Fußball, den er seinem Sohn strahlend zuwarf. Dann lagen sich alle drei in den Armen. War das nicht ein weltmeisterlicher Empfang?

Wörch na!

Der Bapist, der aus einem abgelegenen Juradörfchen stammte, hatte im Mai 1939 in das Gemüsegeschäft der Babett am Kaulberg eingeheiratet. Seine Ahnungslosigkeit und Naivität waren groß. Aber seine Frau wollte, dass er sich möglichst schnell an die Bamberger Lebensart gewöhnte, so wie sie halt auf dem Kaulberg üblich war.

Ihr Bildungsplan erstreckte sich auch auf den Sport, und damit betraute sie ihren siebzehnjährigen Neffen Otto. Der hatte eines Sonntags die Idee, mit dem neuen Onkel zum Ringkampf zu gehen. Bamberg galt damals als eine Hochburg der Ringer, die schon viele Meistertitel errungen hatten. Die besonderen Lieblinge der Bürger waren die hiesigen schwergewichtigen Metzgermeister.

Obwohl der Zentralsaal leicht zu Fuß zu erreichen war, wollte der Bapist unbedingt mit dem neu gekauften kleinen Lieferwagen hinfahren, dem Dreirad »Goliath«. Weä ko, deä ko! Schon in der Laurenzistraße schaltete er in den Leerlauf, um Benzin zu sparen. »Sixtäs, so mecht mä des«, sagte er, der erst seit kurzem den Führerschein hatte, gönnerhaft zum Otto, der neben ihm saß.

Beim Karmelitenbrunnen wollte er endlich einen Gang einlegen, aber es funktionierte nicht! Das Autola wurde schneller und schneller. »Sakradie!«, schrie der Bapist und fuhrwerkte aufgeregt an dem Schalthebel herum, dass es nur so krachte – nichts! »Wie griech i denn bloß den Gong nei?«, schrie er verzweifelt den Otto an. Der wusste es natürlich auch nicht. In rasendem Tempo – so kam es jedenfalls den beiden vor – schoss das Dreirad über das Kopfsteinpflaster, an der Oberen Pfarre vorbei. »Heilicha Muttä Gottes!«, jammerte der Bapist und fluchte gleich darauf: »Sakra, sakra!« Die Engstelle am

Die berüchtigste Straßenengstelle Bambergs wurde 1968 durch den Abriss des »Hauses zum Marienbild« beseitigt – eine Maßnahme, die im Nachhinein überwiegend bedauert wird.

Fuß des Kaulbergs kam bedrohlich näher und der Otto sah sich schon zerschmettert am »Haus zum Marienbild« liegen. Das Dreirad holperte und schleuderte, doch in letzter Sekunde zog der Onkel das Steuer krampfhaft nach links in die Roppeltsgasse. Ein Wunder, dass kein Gegenverkehr kam! Am Fuß des Dombergs brachte er schließlich das Auto zum Stehen. Keesweiß starrten sich die beiden an: »D-de-des woä fei knapp!«, stotterte der Bapist erleichtert. »Hauptsach, du host Benzin gsport«, spottete der Otto.

Trotz des ausgestandenen Schreckens fuhren sie doch noch weiter zum Ringen. Damals gab es in Bamberg zwei Vereine,

»Roland« und »Herkules«, die erbitterte Konkurrenten waren. Wenn sie gegeneinander kämpften, war der Zentralsaal gerappelt voll. Der Ringer Paul galt als der »schönste Mann Bambergs«, aber auch als großer Schürzenjäger. Als einmal der Ernst mit ihm rang, der auch Meister im Gewichtheben war, kämpfte der mit solcher Wucht, dass der »schöne Paul« von der Bühne hinunter in den Saal flog! Ob da wohl eine Frau im Spiel war?

Diesmal ging es gegen die Stuttgarter. Großzügig bezahlte der Onkel den Eintritt für beide und sie bekamen auch noch gute Plätze, weit vorne. Der Bapist hatte so etwas noch nie gesehen und war sofort fasziniert von dem Kampf: Maul und Aang hot ä aufgärissn! Immer wieder sprang er auf und

Der Ringer und Metzgermeister Michael Panzer zählte Anfang des 20. Jahrhunderts unübersehbar zu den Eckpfeilern des Bamberger Kraftsports.

ahmte jede Bewegung der Ringer nach, er schrie und stöhnte, verzog das Gesicht und knirschte mit den Zähnen. In seiner kindlichen Begeisterung bot er dem Publikum ein zusätzliches Schauspiel. »Los, wörch na!«, schrie er, »dreh na den Kroong rum! Möhr na nuntä!« Diese waschechten Ausdrücke seines Juradörfchens belustigten die Zuschauer, nicht aber, dass er damit die Falschen anfeuerte, nämlich die Gegner, weil er die Bamberger Favoriten ja nicht kannte. Es fehlte nicht viel und man wäre auf ihn losgegangen. Der Neffe fühlte sich blamiert, er rückte immer weiter von ihm ab und versuchte so zu tun, als ob er nicht zu diesem Mann gehörte.

Doch als der Bamberger Metzger, der 1937 immerhin deutscher Meister im Schwergewicht geworden war, zum letzten Angriff überging, mit dem er den überlegen geführten Kampf gleich als Sieger beenden würde, da hatte es schließlich auch der Bapist begriffen und jubelte endlich dem Richtigen zu: »Gleich hostes! Hobb! Etz ramml sie noo, die Hutsch!«

Gerupfter

Immä widdä froong mich Leut nooch mein Rezept für den »Gerupftn«. Und waal aa die Monika, die Lektorin, secht: »A Rezept muss her fürs neue Buch!«, no schreib i's halt auf:

Zutaten: 150 g französischer Weichkäse
(am besten Marke »Chaumes«)
50 g Camembert oder Brie
175 g Butter
1 mittlere Zwiebel
gemahlener Pfeffer
Paprikapulver, edelsüß
2–3 Esslöffel herber Frankenwein
einige Salzletten

Zubereitung: Wennst vom Chaumes und vom Camembert die Rindn obgschelt host, schneidst den Käs in klaana Stückla und gänau so die Buttern. Es soll alles gleichmäßich weich sei – obä die Buttä fei net flüssich! Donn mischst und knetst es in am tiefn Tellä mit aanä Gobl kräftich durch. Nochä mantschst die Zwiefl mit nei, die wusd zävoä in hauchdünna Würfäla gschnitten host und aa a Prisn Pfeffä tust däzu. Zäletzt kummt nuch dä Wei noo, grod so vill, dass net zä dünn wird.

So, etz väsuchs amol! Wenns füä dein Gschmock zä leicht is, kost a weng noochsalzn. Auf aana flochn Schooln odä Schüssl werd dä Gerupft bergich oogäricht, mit dä Gobl aufgstylt (wie beim Frisör) und sporsam mit Paprikapulvä übästreut. No, und donn steckst nuch a poä Solzlettn nei! An Gutn!

Rettl Motschenbacher

wurde am 3. Oktober 1931 als erstes Kind des Flaschnermeisters Adam Müller und seiner Ehefrau Elisabeth geboren. Wie schon drei ihrer Urgroßväter wurde sie in der Oberen Pfarre getauft, und zwar auf den Namen Margareta Maria. Ihre Patin war die Tant' Reta Motschenbacher, die in ihrer Jugend noch »Rettl« gerufen wurde. Daher auch das Pseudonym!

Schon in ihrer frühen Kindheit konnte sie nicht genug Märchen hören und als sie das Lesen gelernt hatte, waren Bücher für sie das Höchste. Die erste Geschichte, die sie sich selbst erbuchstabierte und die von Kindern in der realen Welt erzählte, beeindruckte sie unwahrscheinlich. Sie konnte sich nicht vorstellen, dass Menschen sich so etwas Schönes ausdenken können, und glaubte, es käme vom Himmel.

Mit der Mittleren Reife verließ sie die Mädchenschule im Bach und versuchte, die Kochkünste ihrer Mutter zu erlernen. Knapp zwanzig, heiratete sie den Lehrer Josef Schmidt und zog mit ihm nach Schäätz. Sie brachte zwei Buben und zwei Mädchen zur Welt und war – inzwischen wieder in Bamberg – nahezu zwanzig Jahre mit deren Erziehung und mit Haushalt vollkommen ausgefüllt.

Als ihre Kinder nach und nach auszogen, engagierte sie sich in der Pfarrei, in der Frauenarbeit, im Weiberfasching und als Berichterstatterin für den *Fränkischen Tag* über das Gemeindeleben. Im Jahr 1995 eröffnete sich die Möglichkeit, die »Kaulberger Geschichten« im FT zu veröffentlichen. Sie erschienen in unregelmäßigen Abständen, mit durchschlagendem Erfolg.

Dazu die Rettl: »Das ging so weiter mit den Geschichten, bis jetzt – natürlich mit Hilfe vieler Bamberger, die durch ihr Erzählen manche Begebenheit vor dem Vergessen bewahrten.

Und nun erscheint schon das fünfte Buch, das *Kochbuch* eingeschlossen, das ich auf besonderen Wunsch geschrieben habe.

Nach einer schwierigen Operation im Jahr 2002 mußte ich eine Pause einlegen. An den Folgen dieses Eingriffs hob i fei long zä zausn ghobt, aa wenns nix Bösortigs woä. Aber dann merkte ich, dass mich das Schreiben von den Schmerzen ablenkte – und ich fing wieder an.

Vor allem reizte es mich, die Biographie meiner Großmutter zu schreiben, die fast hundert Jahre lang in Bamberg gelebt hat. Was da alles an Zeitgeschichte hereinspielt – des werd wos Längers! Vielleicht wird ja ein Roman daraus, obä ich glaab fast, füa an Roman is zä weng Sex drinna …«

Von Rettl Motschenbacher sind seit 1997 folgende Buchtitel im Verlag Fränkischer Tag erschienen:

Häcker, Heilige und Hollämöffl – Geschichten vom Bamberger Kaulberg
Zwoggäla, Grischperla und Blunzn – Neue Geschichten vom Bamberger Kaulberg
Potzgä, Pöppl und Potschamber – Alte und neue Geschichten aus Bamberg
Mei Kochbuch – Rezepte und Geschichten aus Bamberg
Lausmaadl, Lehrbum und Lüschla – Alte und neue Geschichten aus Bamberg

Danksagung

Ich hoff, dass ich kaans vägess! Ich möchte mich nämlich bei allen bedanken, die mir Anregungen, Erinnerungen, Gschichtla und Fotos zukommen ließen: Anni Badum, Lore Baumann, Monika Bayer, Hilde Dittrich, Kurt Heckes, Burkard Hummel, Maria Leicht, Ruth Meixner, Fritz Müller, Grete Müller, Erika Otto, Peter Reil, Brigitte Reuß, Hans Ringel, Elisabeth Schmidt-Tilch, Dr. Susanna Schmidt, Wolfram Schmidt, Friedl Schmitt, Erwin Seuling, Clemens Söldner, Gottfried Sohmer, Josefine Walther, P. Titus Wegener, Maria Weinert, Rudi Wolf. Einen ganz besonderen Dank Herrn Oberbürgermeister Herbert Lauer für sein Vorwort, Monika Beer für ihr einfühlsames Lektorat, meinem Sohn Dr. Uli Schmidt für seine sachverständige Kritik im Vorfeld, und meinem Mann, der immer bereit war, zuzuhören und zu ermuntern.

Abbildungsnachweis

Das Umschlagbild vorne zeigt Lausbum und -maadla, die im Sommer 1953 vor Klein-Venedig »in See« stachen; hinten sieht man, welche Winter-Freuden Bambergs Treppen bieten. Diese Bilder sowie die Aufnahmen auf den Seiten 7, 10, 18, 21, 25, 27, 31, 33, 41, 42, 46, 50, 52, 56, 59, 60, 71, 76, 78, 82, 88, 89, 95, 102, 108, 113, 119, 122, 127 stammen von Emil Bauer bzw. aus dessen Archiv Hans Morper (S. 45, 68, 73, 92, 101).

Die Fotomontage auf S. 85 hat Ronald Rinklef für den FT erstellt. Die Bilder auf S. 28 (Fotograf: H. Buchner), S. 36 und S. 38 (Fotograf: M. Gardill) sowie S. 111 wurden uns vom Stadtarchiv Bamberg zur Verfügung gestellt. Leihgeber sind auch die Verwaltungsgemeinschaft Burgebrach (S. 97) und das Archiv der FT-Sportredaktion (S. 115).

Kinder am Mühlwörth

128 Seiten, 40 Duoton-Abb., ISBN 3-928648-91-8

128 Seiten, 38 Duoton-Abb., ISBN 3-928648-99-3

120 Seiten, 40 Duoton-Abb., ISBN 3-928648-69-1

128 Seiten, 44 Illustrationen, ISBN 3-928648-74-8

FRÄNKISCHER TAG
Buchverlag

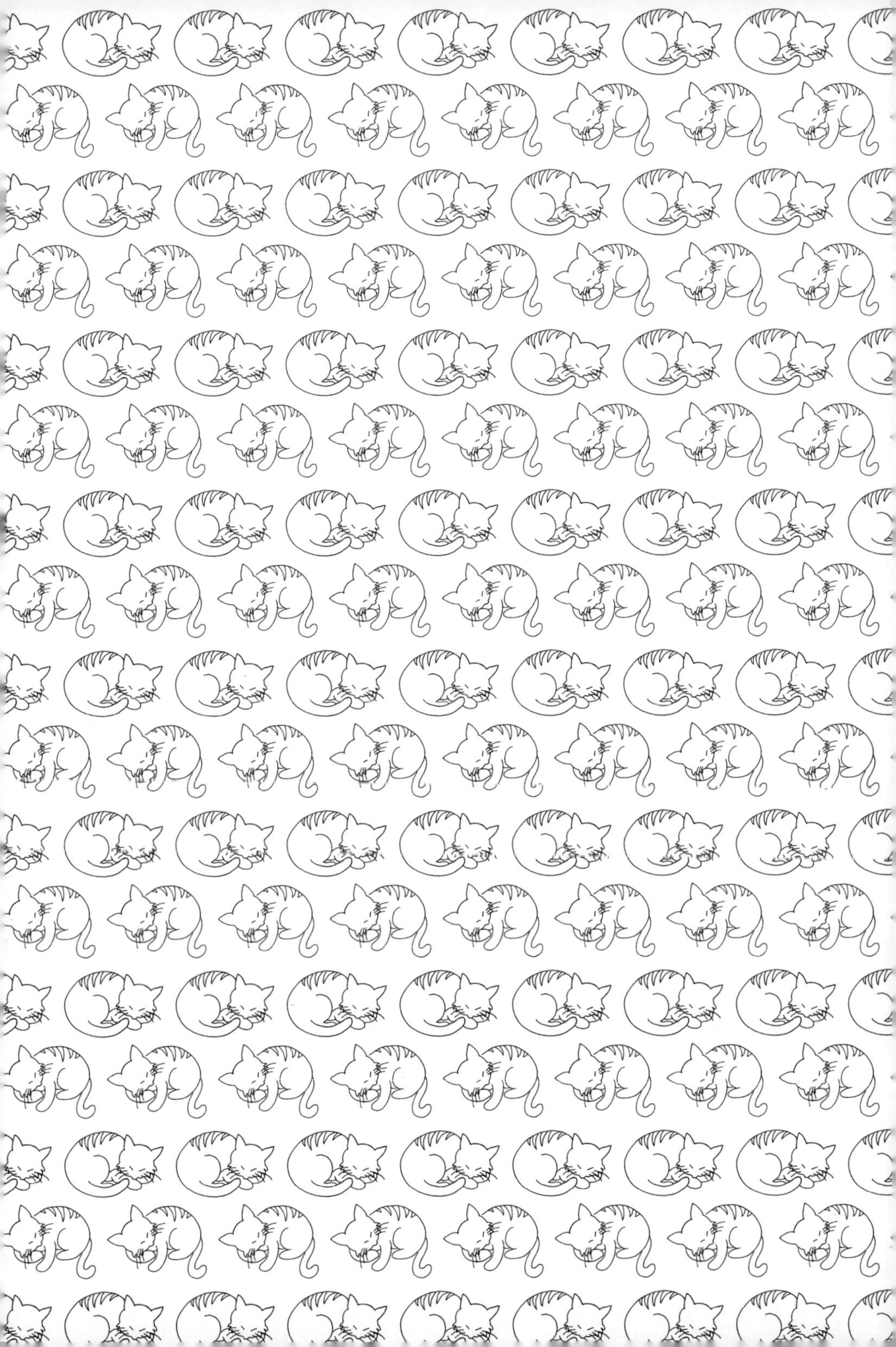

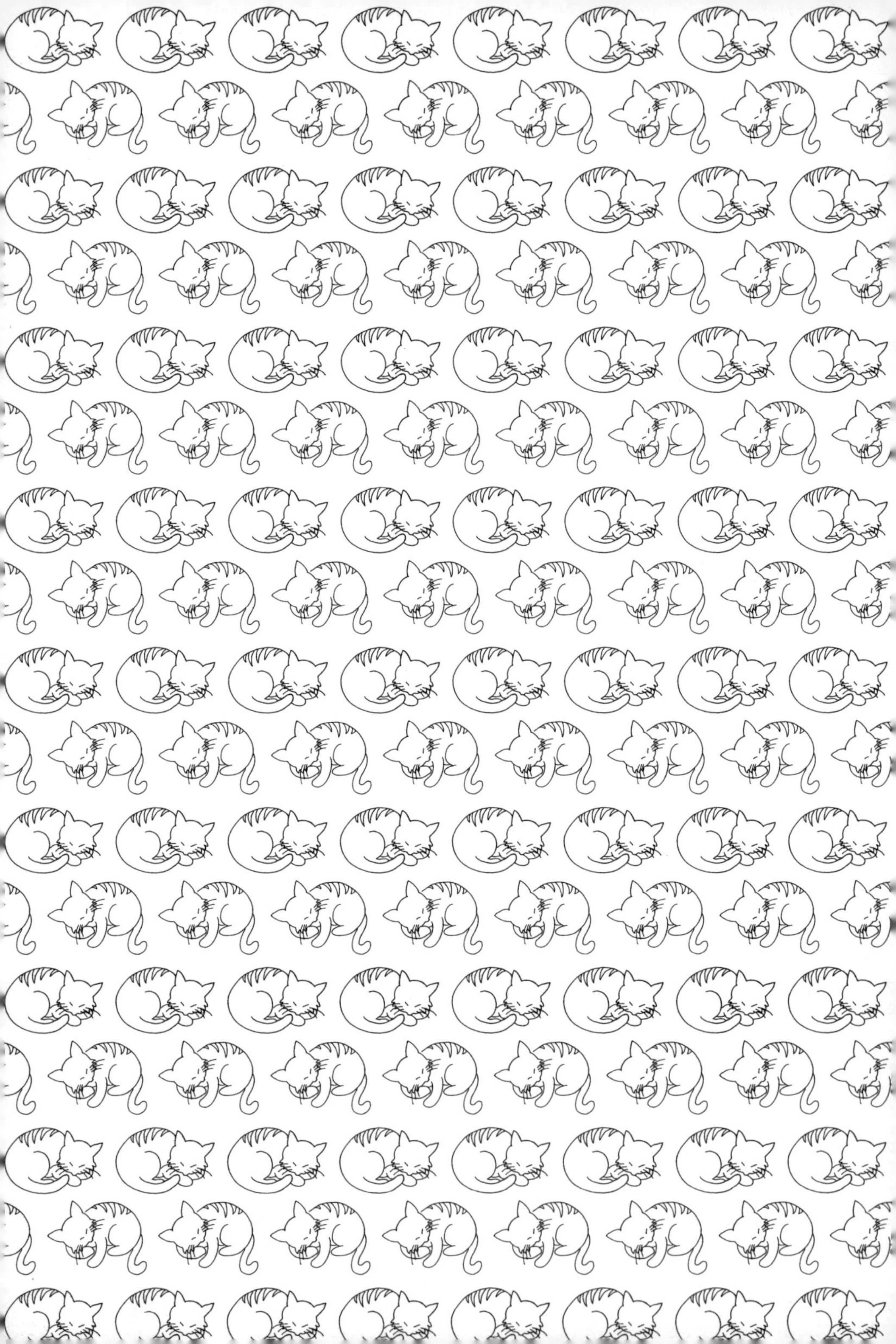